簡単なようで、実は簡単じゃなか

你以為簡
但其實不簡單的
日語文法Q&A

目白JFL教育研究会

一秒惹怒日文老師的65問題，
你答得出幾個？

序

　　首先，感謝各位讀者的支持。敝社去年出版的『你以為你懂，但其實你不懂的日語文法 Q&A』一書，甫上市就立刻登上各大網路書店日文類別排行榜的第一名，穩坐銷售冠軍。此書出版後我收到了許多讀者以及日文老師的回饋，認為此書深入淺出，點出了許多學生似懂非懂的文法問題。且此書這種 Q&A 單元形式的編排，也非常適合忙碌的現代人，可利用空隙時間閱讀個一、兩篇，累積日文的知識。這半年來，出版社也收到許多讀者來信，覺得讀完『你以為你懂』之後意猶未盡，希望 TiN 老師能夠再收集更多大家容易忽略的文法問題，編寫續集。也多虧了各位的支持，本書『你以為簡單，但其實不簡單的日語文法 Q&A』才得以問市！

　　有別於前作『你以為你懂，但其實你不懂的日語文法 Q&A』是收集 N4 程度的文法問題，本書『你以為簡單，但其實不簡單的日語文法 Q&A』當中的所有問題，都是 N5 程度的文法問題。雖然說是 N5 程度的問題，但其實這些問題都很有深度，並非簡單的一、兩句話即可帶過的。例如：「〜は」要怎麼用？這的確是 N5 就會出現的問題。但這個問題也絕非一般 YouTuber 所說的「〜は強調後面，〜が強調前面」這樣單純一句話就可以道盡。不同的場景會有不同的解釋，在本書至少就有七則 Q&A 之多是關於「〜は」的用法。此外，又像是：「敬體與常體怎麼分？」這類的問題。雖然這也是 N5 就會遇到的文法，但這個問題的解答，也絕非「敬體用在禮貌對話時，常體用在朋友間對話」這樣短短一句話就可說明一切。

　　本書就是蒐集了這樣看似簡單，但實際上沒那麼單純的 N5 文法，並以 Q&A 的方式呈現，因而取名『你以為簡單，但其實不簡單』！「本篇」總共有 60 個文法 Q&A，「附錄」部分則是整理了「〜が」、「〜を」、「〜に」、「〜で」、「〜は」這五個擁有很多不同用法的助詞。雖然說這些 Q&A 篇篇獨立，但其實前後皆有緊密關聯，而且前面的篇章比較簡單，後面的篇章比較困難，建議讀者從頭開始閱讀，較為順暢。

　　另外，雖說本書所提出的文法問題點都是屬於 N5 文法的範疇，但本書是以「補強日語基礎」的角度，編寫給有一定程度的學習者閱讀的，因此如果你是初學者，會看不懂本書的說明。這也就是為什麼我沒有將這些問題寫進敝社的檢定專書『穩紮穩打！新日本語能力試驗 N5 文法』一書當中，而另外編寫此書的緣故。本書建議至少習得了 N4 程度以上的讀者閱讀，甚至即便你考過 N1，但如果回答不出這些問題，也非常推薦你翻一翻本書，應該也會有意想不到的收穫。

　　最後，若您想從頭打好日文基礎，考過日檢，請一定要參考本社所出版的『穩紮穩打！新日本語能力試驗』的各級文法喔。祝各位學習順利！

TiN 老師

本篇 Main Chapter

附錄 Appendix

本篇

Q01 什麼！？「～は」不能翻譯作「是」？

次郎

太郎
動作主體

- 「主語」與「主題」

- 「主語」與「動作主體」

- 「は」的概念

　　幾乎每一本初級日文教科書，第一個句型都是「～は　～です」。然後會有很高的機率，會在第一課就學習到「我是學生」的日文怎麼講：「私は　学生です」。

　　大部分的日文老師，也都會耳提面命地提醒學生說：這裡的「～は」不可以翻譯為「是」。因為日文的肯定或否定，「是」或「不是」，必須看語尾的斷定助動詞「です」。否定，就會是「では（じゃ）ありません」。「我不是學生」，就要講「私は　学生では（じゃ）ありません」。

　　問題來了，大部分的學生一定會問，那「～は」是什麼呢？

　　有些老師會回答說：「～は」是助詞，用來表達「主語」。更嚴謹的老師就會說：「～は」是副助詞，用來表達「主題」。

　　其實「主語」跟「主題」是完全不一樣的概念。

「主語」這個詞彙的概念來自西洋文法，英文為「Subject」，中文常常翻譯為「主詞」，主要是指其（主語名詞）與句尾「述語（動詞、形容詞、名詞）」之間的語法關係。

　　舉個例子：在動詞句的主動句中，「主語」就是「動作主體」，例如：「太郎は　ご飯を　食べた」，太郎為吃飯這個行為的動作主體。然而在被動句中，「主語」其實是什麼事都沒有做的「行為接受者」，例如：「次郎は　太郎に　殴られた」。去做「打人」這個行為的動作主體是「太郎」，而這句話的主語則是什麼都沒做，但放在句首作為主語的，卻是「次郎」。

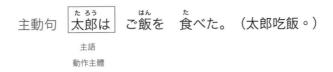

主動句　太郎は　ご飯を　食べた。（太郎吃飯。）
　　　　主語
　　　　動作主體

被動句　次郎は　太郎に　殴られた。（次郎被太郎打。）
　　　　主語　　動作主體

　　也因為「主語」是來自於西洋文法的概念，因此像是英文、法文等歐美語言當中，「主語」與「述語（動詞）」之間，會有性、數、人稱一致的文法現象，極容易判斷。

　　但因為西洋文法與日文文法的構造不同，很多情況主語的定義無法原封不動地從西洋文法搬到日文文法來套用，因此有些日文的學者對於日文主語的定義有分歧，甚至還有所謂的「主語廢止論」等論爭。

那…什麼是「主題」（Topic）呢？

這裡先使用中文的句子來介紹一下「主題」的概念。

① ⬜我⬜ 喜歡聽音樂。
　主題　　 敘述內容
　主語
　動作主體

② ⬜音樂⬜ 我天天都聽。
　　主題　　 敘述內容
　　　　　　主語、動作主體為「我」

③ ⬜這件事⬜ 我已經被小王告知過了。
　　主題　　　敘述內容
　　　　　　　主語為「我」
　　　　　　　動作主體為「小王」

上面三個例句中，框框部分為句子的主題，而底線部分就是針對此主題進行描述的部分。「主題」並不等於我們剛剛所提到的「主語（主詞）」或「動作主體」的概念。

例如第①句話，講述「我喜歡聽音樂」，整句話所描述的主題是關於「我」，喜歡聽音樂的主語、動作主體也是「我」。因此在這個例句中，主語、主題與動作主體都是同一人，也就是「我」。

至於第②句「音樂我天天都聽」，這句話談論的主題是「音樂」，但主語或動作主體並非音樂，而是「我」。因此在這一句話當中，主題為「音樂」，主語與動作主體是「我」。

若像是第③句這樣的被動句，這句話談論的主題是「這件事」，主語則是什麼事情都沒做的動作接受者「我」，而真正施行「告知」這個行為的「動作主體」則是「小王」。因此在這一句話當中，「主題」、「主語」與「動作主體」都是不同的。

透過上面這三個例句，我們可以了解到，「主題」是屬於「談話內容（Discourse Content）」的觀念，與後述的「評論（Comment）」相對應。相對於中文的主題，是以位置（放在句首）來表示，而日文的主題，則是使用助詞「～は」來提示。

· 私は 学生です。 （山田是學生）
　主題　　敘述內容

日文的「～は」就是屬於這樣提示「主題」的概念，而非標示「主語」的概念。

將上述三個中文例句翻譯成日文，就可得知與上述中文句表主題框框相對應的部分，會使用助詞「～は」來提示：

① 私は 音楽を聴くのが好きです。
　主題　　　　敘述內容
　主語
　動作主體

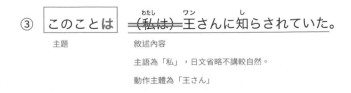

② 音楽は ~~（私が）~~毎日聴きます。
　主題　　　　敘述內容
　　　　　主語、動作主體為「私」，日文省略不講較自然。

③ このことは ~~（私は）~~王さんに知らされていた。
　主題　　　　敘述內容
　　　　　主語為「私」，日文省略不講較自然。
　　　　　動作主體為「王さん」

15

Q02 「音楽は毎日聴きます」為什麼助詞用「～は」不用「～を」？

- 「目的語」移前當作「主題」

- 其他補語移前當作「主題」

　　上一個文法 Q&A，我們提到了「音樂，我天天都聽」這個中文例子，並說明了「音樂」是「主題」，而「主語以及動作主體」是「我」。其實仔細思考一下，你就會發現「音樂」其實是「聽」這個動作的對象（目的語／受詞），只是這句話中，我們為了談論「音樂」這個主題，因此把對象（目的語／受詞）給移至了句首，作為討論的主題。

　　當然，日文也有這樣的表達方式。只不過日文除了需要將目的語（受詞）移至句首以外，還多了一個步驟，就是必須使用提示主題的「～は」，來將主題部分打上聚焦鎂光燈！

・ 私は　毎日　音楽を　聴きます。（我天天都聽音樂。）

主題　　　　　　敘述內容

主語　　　目的語　述語

動作主體

「我天天都聽音樂」的日文為「私は　毎日　音楽を　聴きます」。由於「音樂」為「聽」這個動詞（述語）之動作的對象，因此必須使用表示目的語（受詞）的助詞「～を」來將其標記出來。

　　若我們想把這句日文，仿照上述中文那樣，把「音樂」移前，作為討論的主題，可以嗎？當然可以。只不過除了 1. 需要將「音楽を」移至句首外，還必須 2. 使用表達主題的助詞「～は」，來明確標示它為「主題」才行。而且 3. 原本句中同時佔著主題與主語位置的「私は」，必須要把它主題的標示「～は」給去除，並降格成僅能表主格的「～が」才行：

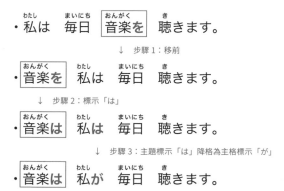

・私は　毎日　音楽を　聴きます。

↓　步驟 1：移前

・音楽を　私は　毎日　聴きます。

↓　步驟 2：標示「は」

・音楽は　私は　毎日　聴きます。

↓　步驟 3：主題標示「は」降格為主格標示「が」

・音楽は　私が　毎日　聴きます。

　　就像上面這樣的操作，實在有點麻煩又複雜！

　　而其實一個句子當中，能夠移前當作討論主題的，不只有目的語（受詞）「～を」的部分，「～に、～で、～と、～から、～まで、～より」，甚至是「時間」的部分，都可以藉由上述的「移前」以及「標示は」的步驟，將其移置句首當主題。

　　「～を」於步驟 2「標示は」這個步驟時，必須連帶將「～を」刪除，但「～に、～で、～と、～から、～まで」時，原則上不需

刪除。但若刪除不會影響語意的認知，仍有些情況會刪除（※ 註：若刪除助詞會導致語意不明確，則不會刪除）。另外，若將其他成分移前至句首當主題，那麼原本表主語又表主題的「～は」，一樣會被降格為表主格的格助詞「～が」。

　　以下我們就來針對各個助詞移前當作主題的情況，實際操作一遍：

【～に】
・人魚(は) あの海に 住んでいる。
（人魚住在那個海裡面。）
あの海には 人魚(が) 住んでいる。
（那個海裡面有住著人魚。）

【～で】
・子供たち(は) 近くの公園で 遊んでいる。
（小孩們在附近的公園玩耍。）
近くの公園では 子供たち(が) 遊んでいる。
（在附近的公園有小孩們在玩耍。）

【～と】
・香奈ちゃん(は) 春日さんと 同級生だった。
（香奈和春日是同學。）
春日さんとは 香奈ちゃん(が) 同級生だった。
（和春日，香奈才是同學。）

【～から】

・宇宙人 は 宇宙から やってきた。

（外星人從外太空來了。）

宇宙からは 宇宙人 が やってきた。

（從外太空來了外星人。）

【～まで】

・管理人さん は 午後３時まで 管理室に　います。

（管理員在管理室待到下午三點。）

午後３時までは 管理人さん が 管理室に　います。

（直到下午三點，管理員都會在管理室。）

　　上述例句當中，「私が」、「あの海に」、「近くの公園で」、「春日さんと」、「宇宙から」、「午後３時まで」…等，一個名詞加上一個格助詞的成分，稱之為「補語」。本社出版的系列叢書又喜歡將其稱為「車廂」。因為日文句子的基本構造，就有如下例這樣，就像是一輛火車，以述語（句尾的動詞、形容詞或名詞）作為火車頭，而牽引著好幾節車廂一般。

・私は／が　昨日　春日さんと　デパートで　買い物を　した。

補語	補語	補語	補語	補語	述語
車廂	車廂	車廂	車廂	車廂	火車頭

　　每節車廂都可以移前至句首作為主題，這我們已經在上面的例句中驗證了。而其實能夠移前至句首作為主題的，可不見得一定要是一個完整的車廂喔，切成半截的車廂其實也可以就將那半截車廂移至句首作為主題。關於這一點，就讓我們留到下一個文法 Q&A 來討論吧！

Q03 「大象鼻子長」的文法

- 大主語
- 小主語
- 部分主題化

日文中，有一個很有名的日文文法問題，我喜歡稱它為「象鼻問題」。

「大象的鼻子很長」，應該講成「象の鼻は長いです」呢？還是「象は鼻が長いです」呢？

基本上，這兩個句子都合文法。而大部分上初級日文課程時，老師會解釋說：「 象の鼻は 」，是把「象鼻」當作是主題，而針對這個主題來敘述。我最常聽到的比喻是「瞎子摸象」，也就是瞎子看不到「大象」整體，僅僅摸到象鼻，然後針對象鼻進行描述。

至於「 象は 鼻が 」，則是把「大象」整體當作是主題，然後對於這個主題再去加以敘述其細部特徵。例如：

・<ruby>象<rt>ぞう</rt></ruby>は　<ruby>鼻<rt>はな</rt></ruby>が　<ruby>長<rt>なが</rt></ruby>い。（大象鼻子長。）
　主題　　　敘述內容

・**象は** 耳が 大きい。（大象耳朵大。）
  主題　　　敘述內容

・**象は** 足が 太い。（大象腿粗。）
  主題　　　敘述內容

　…等，分別描述大象這個主題的細部特徵。也就是大主語「象は」、小主語「鼻が」的解釋方式。

　這個文法問題，若是藉由我們 Q2 所學習到的主題化的概念，其實「象は鼻が長い」這句話，就是「象の鼻は」這句話的主語部分，「部分主題化」而來的！

　日文中，除了 Q02 所提到的「～が、～を、～に、～で、～と、～から、～まで」…等補語（車廂）可以「主題化」以外，若原句主題的「は」部分為「A の B」，且 B 為 A 的身體一部分時，則 A 與 B 的部分皆可分別主題化，當作主題。當然，原本的「～は」，也必須降格為「～が」。

・**象の鼻は** 長いです。（A：象　B：鼻）

（把 A 主題化）　→　**象は** 鼻が 長いです。
　　　　　　　　　　　（大象，鼻子很長。）

（把 B 主題化）　→　**鼻は** 象が 長いです。
　　　　　　　　　　　（＜關於＞鼻子，大象的很長。）

再舉一個部分主題化的例子：

・聖子ちゃんの顔は 大きいです。（A：聖子ちゃん　B：顔）

（把 A 主題化）→ 聖子ちゃんは 顔が 大きいです。

（聖子臉很大。）

（把 B 主題化）→ 顔は 聖子ちゃんが 大きいです。

（＜講到＞臉，聖子的很大。）

有沒有清楚一點了呢？

注意！

　　上述的「象は　鼻が　長いです」的構造，與「私は　お金が　好きです」的構造，雖然看起來都是「～は　～が　形容詞」，但其實兩者是截然不同的構造喔。

　　前者就是我們上述講的，B 為 A 的一部分，然後將 A 部分獨立抽出來主題化的構造。然而後者「A は　B が　好きです」，則是 B 為 A 的感情所指向的對象，因此後者會使用的形容詞，多為表 A 的感情之「好きだ、嫌いだ」或者是表能力的「上手だ、下手だ」。A 與 B 之間並非身體一部分的所屬關係。因此「私は　お金が　好きです」無法還原為「私のお金が好きです」。

Q04 「明日、働きます。明後日は働きません」為什麼後天要加上「～は」？

- 對比的「は」

- 否定的「は」

- 拿各種成分來「對比」

　　前三個文法 Q&A，我們學到了助詞「～は」可以用來表達「主題」。但其實「～は」還有另一個很重要的功能，就是用來表達「對比」！

　　所謂的「對比」，指的就是用來暗示「與別的狀況不同，這個情況則是…」的一種表達方式。例如：

・明日、働きます。　明後日は　働きません。
（明天要工作。後天則是不用工作。）

　　當我們單純敘述「明天要工作」時，表示時間的副詞「明日」不需加上助詞。但若接著繼續描述「後天不工作」，則由於說話時已經講了「明天工作」，因此接著提出的「後天」，明顯是用於對照（對比）「明天工作」，而「後天不工作」的。這樣的語境，就稱為「對比」。

　　表達「對比」時，「被拿來對比」的車廂部分會於後方加上助詞

「～は」。除了「時間、日期」可拿來對比以外，交通工具、共同動作的對象、動作對象（目的語／受詞）、動作場所、手段工具方法、方向…等其他的補語（車廂），皆可拿來對比。

對比時，僅須將「～は」加在「被拿來對比」的補語（車廂）後方即可。若「は」前方的助詞為「～が」或「～を」，則「～が」、「～を」必須刪除。

・土曜日、池袋へ　行きます。
　日曜日は　新宿へ　行きます。(拿「時間、日期」來對比)
（星期六去池袋。星期天則是去新宿。）

・電車で　東京へ　行きます。
　バスでは　行きません。(拿「交通工具」來對比)
（搭電車去東京。不搭公車去。）

・妹と　東京へ　行きましたが、
　弟とは　行きませんでした。(拿「共同動作的對象」來對比)
（和妹妹去了東京，但沒有和弟弟去。）

・私は　魚をは　食べますが、
　肉をは　食べません。(拿「動作對象（目的語）」來對比)
（我吃魚，但不吃肉。）

・電車では　タブレットで　小説を　読みます。(拿「動作場所」來對比)
（＜在別處不見得，但＞在電車上，我都用平板電腦閱讀小說。）

・電車で　タブレットで　小説を　読みます。

　スマホでは　読みません。（拿「工具」來對比）

（在電車上用平板電腦閱讀小說。並不使用智慧型手機閱讀。）

・A：いつも　自転車で　近くの　スーパーへ　行きます。

　　（我總是騎腳踏車去附近的超市。）

　B：そうですか。

　　じゃあ、　会社へは　何で　行きますか。（拿「方向」來對比）

　　（是喔。那你去公司時，都用什麼交通工具呢？）

　　順帶一提，否定句時，亦會使用助詞「～は」來代替「～が」或「～を」，或者放置於「～に」、「～で」、「～と」、「～へ」…等助詞的後方。這其實也是因為否定的語境，多半會有與肯定的語境做對比的含義，因此才會經常見到否定句也使用「～は」。當然，亦可使用原本的助詞。

・（肯）私は　お酒を　飲みます。（我喝酒。）
　（否）私は　お酒（○を／○は）　飲みません。

　　（我不喝酒。）

・（肯）私は　日本が　好きです。（我喜歡日本。）
　（否）私は　中国（○が／○は）

　　好きでは（じゃ）ありません。（我不喜歡中國。）

・（肯）妹と　行きます。（和妹妹去。）

（否）弟（○と／○とは）　行きません。（不和弟弟去。）

Q05 「どれはあなたの本<ruby>本<rt>ほん</rt></ruby>ですか」哪裡錯了嗎？

- 確定與不確定

- 疑問詞＋「が」

- 排他的「が」

　　初級日文學習到第二課或第三課時，老師就會開始教導「これ、それ、あれ」的用法。然後將其套用在第一課所學到的「～は　～です」句型，來練習如何講物品的名稱。

　　學到「これ、それ、あれ」等指示詞時，也多半會與其相對應的疑問詞「どれ」一起學習。課堂上反覆練習著「これは～、それは～、あれは～」…講著講著，絕大部分的班級，都一定會有學生就講出「どれは～」…！

　　那「どれは～」到底哪裡有問題呢？討論這個問題之前，我們先來看一下「これは　本です」與「本は　これです」兩者的差異，再來解釋「どれは～」會比較順暢！

---------- 　　　　---------- 　　　　----------

　　當我們詢問物品為何時，會問「これは　何ですか」。這時，對方給你的回答句就會是「これは　本です」。

而當我們希望對方指出、選擇出正確物品時，就會問「（あなた
の）本は　どれですか」。這時，對方給我們的回答句就會是「（私
の）本は　これです」。

　　也就是說，「これは　本です」與「本は　これです」兩者的不
同之處，就在於問句的差異。

・A：これは　何^{なん}ですか。（這是什麼？）
　B：これは　本^{ほん}です。（這是書。）

・A：あなたの　本^{ほん}は　どれですか。（你的書是哪一本？）
　B：私^{わたし}の本^{ほん}は　これです。（我的書是這一本。）

　　但無論你用上述的哪一種方式問話，表主題的「～は」，前方都
是「確定」的東西（定指）。「これは」，說話者已經將物品拿在
手上，已經有一個確定的實體物品在，只是他不知道這是什麼東西
而已。「私の本は」，說話者要找尋的，就是他所擁有的書，只是
他不知道放在哪裡而已。

・A：どれが　あなたの　本^{ほん}ですか。（哪本是你的書呢？）
　B：これが　私^{わたし}の　本^{ほん}です。（這本是我的書。）

　　但如果你要問的東西是「不確定」（不定指）的，例如上例的「ど
れ」。由於你根本都還不確定你要找的書是哪一本，因此就不可以
使用「～は」來表示，這是因為不確定的東西（疑問詞）不可作為
主題。

　　像這樣的問話方式時，回答時，也必須要使用「～が」來回答。

雖說回答句時，「～が」雖然也已經是確定的東西了（回答者已經選擇出一個特定物了），但它仍不使用「～は」，而仍是使用「～が」的理由，是因為「～が」還有「排他」的用法，用於強調「不是其他，而正是這個…」的語感。因此當你回答「疑問詞＋が」的詢問時，也會使用「～が」來回覆。

　　也就是說問句「どれが　あなたの　本ですか」的「～が」，與其答句「これが　私の　本です」的「～が」，兩個「～が」是不同用法的。前者為「不定指」，而後者為「排他」。

Q06 「ここは食堂です」與「食堂はここです」有什麼不一樣？

- 「〜は　です」與
  「〜は　〜にあります／います」

　　上一個文法 Q&A，我們學習了「これは　本です」與「本は これです」之間的差異，知道這兩者所使用的語境是不同的。而同樣的邏輯套用在本文法 Q&A 上，相信大部分的讀者應該也已經意識到了「ここは　食堂です」與「食堂は　ここです」之間的差異吧！

　　對的！當你為新來的同學介紹環境時，會使用「ここは　食堂です」、「そこは　トイレです」來單純敘述每個地方分別是什麼功能的場所。

　　但若新同學想要吃飯，欲找尋食堂時，他就會將「食堂」作為主題，以「食堂は　どこですか」的方式詢問。這時你的回答也會針對特定主題「食堂」來敘述，回答「食堂はここです」。

- A：ここは　食堂です。　そこは　トイレです。
  （這裡是食堂。那裡是廁所。）

・Ａ：食堂は　どこですか。
　　（食堂在哪裡呢？）
　Ｂ：食堂は　あそこです。
　　（食堂在那裡。）

　而後者「〜は　どこですか」，也就是針對特定主題詢問其位置時，除了可以找尋場所（如：食堂）以外，亦可以找尋特定人物（如：鈴木さん）或物品（如：スマホ）。

・Ａ：鈴木さんは　どこですか。
　　（鈴木先生在哪裡呢？）
　Ｂ：鈴木さんは　あそこです。
　　（鈴木先生在那裡。）

・Ａ：私のスマホは　どこですか。
　　（我的智慧型手機在哪裡呢？）
　Ｂ：あなたのスマホは　そこです。
　　（你的智慧型手機在那裡。）

　這種針對特定主題詢問其位置的「〜は　ここ／そこ／あそこ／どこです」句子，其實是所在句「〜は　〜に　あります／います」的省略講法。因此「食堂は　どこですか」亦可替換為其正式所在句的講法「食堂は　どこに　ありますか。」

・食堂は　どこですか。
⇒食堂は　どこに　ありますか。

・食堂は　あそこです。

⇒食堂は　あそこに　あります。

・鈴木さんは　あそこです。

⇒鈴木さんは　あそこに　います。

・あなたのスマホは　そこです。

⇒あなたのスマホは　そこに　あります。

　這種將所在句「〜は　〜に　あります／います」省略成「〜は　〜です」的描述方式，又稱作為「鰻魚文（うなぎ文）」。

　日文中，能夠簡化為「〜は　〜です」鰻魚文的，可不是只有所在句喔。下一個文法 Q&A，我們將詳細來看看日文當中，這種很有意思的表達方式！

Q07

「僕はウナギです」，翻譯成「我是鰻魚」？

- 各種鰻魚文「うなぎ文」的用法。

　　我們上一個文法 Q&A 提到，「鈴木さんは　あそこです」可以替換為所在句「鈴木さんは　あそこに　います」。與其說是「〜は　〜です」替換為所在句「〜は　〜に　あります／います」，正確說來，應該說「〜は　〜です」是所在句「〜は　〜に　あります／います」的省略講法（※註：順帶一提，存在句「あそこに　鈴木さんが　います」不可替換為「〜は　〜です」）：

・鈴木さんは　あそこ~~に　います~~。
⇒鈴木さんは　あそこです。
（鈴木先生在那裡。）

　　像上例這樣，將一個動詞句（上例為「〜は　〜に　いる」）替換為「〜は　〜です（だ）」句型的簡略描述方式，在日文中稱之為「鰻魚文」。會有這麼一個可愛的名稱，是因為提出這個文法問題的學者，其專書的書名就是『「ボクハウナギダ」の文法』！（※註：奧津敬一郎　くろしお出版）

而日文中，能夠簡化為「～は　～です」鰻魚文的句型，不只所在句「～は　～に　あります／います」。接下來，就讓我們分別針對各種能夠簡化為鰻魚文的語境，來看看吧！

　　一、點餐時：

　　日本人在餐廳點餐時，若同行者詢問「何に　しますか」（你要點什麼）。大部分的日本人也都會使用「～は　～です（だ）」的簡化句型來取代「私は　～に　します」的回答，表明他要點的菜。

　　‧A：何に　しますか。（你要點什麼？）
　　　B：私は　ウナギです。
　　　⇒私は　ウナギに　します。（我要點鰻魚飯。）

　　二、轉車時：

　　再換個語境！
　　例如，搭電車好了。如果你在新宿車站山手線的月台上詢問路人「中目黒へは　どこで　乗り換えますか」。來，請各位讀者拿出東京的電車路線圖：從新宿車站搭山手線要去中目黑，首先要搭到惠比壽，然後再從惠比壽轉搭日比谷線到中目黑。因此這時路人肯定會回答你「中目黒は　恵比寿です」。這可不是說中目黑等於是惠比壽喔，而是指「要去中目黑，要在惠比壽轉車」。

・A：中目黒へは　どこで　乗り換えますか。

（去中目黑要在哪裡轉車呢？）

B：中目黒（へ）は　恵比寿です。

⇒中目黒（へ）は　恵比寿で　乗り換えます。

（中目黑要在惠比壽轉車。）

三、投票時：

再換個場景！

時間拉回到 2020 年的美國總統大選。假設兩個講日文的美國男生，一個支持民主黨的拜登，另一個支持共和黨的川普。當Ａ問Ｂ說「僕は　バイデンに　投票するが、　君は　誰に　する？」時，這時，Ｂ就會回答你「僕は　トランプだ」。

・A：僕は　バイデンに　投票するが、　君は　誰に　する？

（我要投拜登，你要投給誰？）

B：僕は　トランプだ。

⇒僕は　トランプに　投票する。

（我要投川普。）

想當然爾，Ｂ先生他絕對不是川老爺本人，而是川老爺的支持者。當然，如果你真的是川老爺本人對著日本人自我介紹，你也是會講「僕は　トランプだ」（我是川普）。

日文中的「～は　～です（だ）」句型，就是有這樣神奇的功能，可以依照對話的前後語意，甚至是狀況，可以替代很多不同的句型

與講法。

「～は　～です（だ）」除了可以替代所在句的「～は　～にある／いる」、餐廳點餐以及投票的「～に　する」、轉搭車的「～で　乗り換える」以外，還有各式各樣的情境可以替代。

四、想吃某物時：

・ルイ：私は　クロワッサンが　食べたいです。あなたは？
（我想吃可頌麵包。你呢？）
陳：私は　バゲットです。
⇒私は　バゲットが　食べたいです。
（我想吃法式長條麵包。）

　　如上例，本社出版的『穩紮穩打！新日本語能力試驗 N5 文法』第 11 單元的對話文中_(#N5-P220)，小陳告訴路易說他想要吃法式長條麵包時，就是說「私は　バゲットです」。這裡可千萬不要翻譯成「我是法式長條麵包」喔！

五、選擇最佳者時：

　　我第一次接觸到鰻魚文這種用法，就是看到了日本明治巧克力的廣告，它的廣告歌曲就是「チョコレート、チョコレート、チョコレートは　明治（だ）」。不熟悉日文的朋友，一定會照翻為「巧克力是明治」，但了解鰻魚文的奧妙後，我們就可推敲出，廣告想要表達的，就是「チョコレートは　明治が　一番　美味しい」、

「チョコレートを　食べるなら、　明治の　チョコレートを　選んで　ください」的意思了。

　　最後，說個冷笑話：
　　就是因為日文的「～は　～です」鰻魚文這麼方便，因此聽說有個日本留學生到了美國的餐廳後，因為他當天想吃魚，於是他就對著餐廳的店員說了一句：「I am a fish」…。

Q08 問句還有分種類？

- 封閉式問句

- 選擇式問句

- 開放式問句

記得二十幾年前，我還不是很會講日文的時候，有一次到了東京的台場旅行。看到日劇中經常出現的彩虹大橋時，深受感動，因此請了路人女高中生們幫我拍照。然而當她說出「縱ですか、横ですか」的時候，因為她講太快我聽不懂，因此我隨便應付地回答了一聲「はい（下降語調）」。結果他們不知道是被我戳中笑點還是怎樣，狂笑了好幾分鐘…。

問題出在哪裡？

人家問你「要拍直的，還是要拍橫的」，結果你回答「是的」，也難怪他們可以笑成這個樣子。用文法的專業術語來描述上述的狀況，就是人家使用「選擇式問句」問你，但你卻用「封閉式問句」的應答，也難怪他們會覺得我像是個蠢蛋…。

日文的疑問句有三種，分別為：「封閉式問句（Yes-No Question）」、「開放式問句（WH Question）」與「選擇式問句（Alternative Question）」。

所謂的「封閉式問句」，就是以「はい」或「いいえ」來回答的問句，相當於中文裡，以「…嗎？」為結尾的問句。回答時，由於不是「はい」，就是「いいえ」，因此得名「封閉式」。

　　所謂的「開放式問句」，就是使用疑問詞「誰」、「何」、「どこ」、「いつ」…等疑問詞來詢問的問句，相當於中文裡，以「…呢？」為結尾的問句。回答時，由於答案有 N 種可能性，因此得名「開放式」。

　　至於「選擇式問句」，則是提出複數選項來讓聽話者選擇的問句。相當於中文裡的「…呢？…還是…呢？」的詢問方式，因此得名「選擇式」。

　　接下來，我們就分別來看一下這三種疑問句吧！

一、封閉式問句（Yes-No Question）：

　　封閉式問句又稱作「真偽疑問文」，主要是在句子的後方，加上終助詞「か」（句尾語調上揚）來表示疑問。但依照品詞的不同，有些可以不需要加「か」 (※ 註：詳見 Q09)，僅提高句尾語調即可。

　　上述封閉式問句的回答，會使用「はい」來表達肯定、「いいえ」來表達否定。

・A：山田さんは　学生ですか。

（山田先生是學生嗎？）

B：はい、山田さんは　学生です。

（是的，山田先生是學生。）

いいえ、山田さんは　学生では（じゃ）ありません。

（不，山田先生不是學生。）

・A：昨日は　雨でしたか。

（昨天是雨天嗎？）

B：はい、昨日は　雨でした。

（是的，昨天是雨天。）

いいえ、昨日は　雨では（じゃ）ありませんでした。

（不，昨天不是雨天。）

二、選擇式問句（Alternative Question）：

　　選擇式問句，則是在句子的敘述部分，提出兩個以上的選項，並加上終助詞「か」，來讓聽話者選擇其一的問話方式。經常會與接續詞「それとも（還是）」一起使用。回答時，不可使用「はい」或「いいえ」，直接回答正確的選項即可。

・A：山田さんは　学生ですか、（それとも）　会社員ですか。

（山田先生是學生，還是上班族？）

B：山田さんは　学生です。

（山田先生是學生。）

・A：昨日は　雨でしたか、（それとも）　晴れでしたか。

（昨天是雨天還是晴天？）

B：昨日は　雨でした。

（昨天是雨天。）

・聖子ちゃんが　好き？　それとも　明菜ちゃんが　いい？

（你喜歡聖子，還是喜歡明菜？）

・春日さんは　学生？　それとも　会社員？

（春日先生是學生還是上班族？）

　　選擇式問句由於是「提出複數個選項，要求聽話者選擇」，因此依語境，有時候會帶有「催促對方做決定」的語感在。

・行くの？　行かないの？　早く決めなさい！

（去還是不去，快點決定！）

三、開放式問句（WH Question）：

　　開放式問句又稱作「補充疑問文」，它並不像「封閉式問句」或「選擇式問句」這樣，在敘述的部分提出具體的名詞讓說話者判斷是非或選擇其一，而是於敘述部分使用「疑問詞」（何、どこ、どれ、どなた、どう、いつ…等）來詢問聽話者，請聽話者講出正確的答案。詢問物品時，使用「なに」或「なん」詢問（※註：後接「です」時，使用「なん」）。回答時，不可使用「はい」或「いいえ」，直接講出物品名稱即可。

・A：それは 何_{なん}ですか。

（那是什麼？）

B：（これは） スマホです。

（＜這是＞智慧型手機。）

・A：あれは 何_{なん}ですか。

（那是什麼？）

B：（あれ）は タブレットです。

（＜那是＞平板電腦。）

搞懂日文的三種疑問句後，相信你應該就不會像我一樣，在彩虹大橋下被嘲笑了。

這裡順便跟各位讀者分享一個欣賞彩虹大橋的「穴場（あなば）」^{（※註）}。一般的觀光客，都是在「お台場海浜公園」的沙灘上欣賞彩虹大橋，但那裡人很多，離彩虹大橋又有點距離。下次來東京玩的時候，不妨可以沿著沙灘，一直走到「台場公園」（第三台場火藥庫那裡，請自行 google）。那裡沒什麼人，而且彩虹大橋美景，近在眼前喔！

※ 註：「穴場」為「一般人或一般觀光客不知道，只有當地人或行家才知道的好地方」。

Q09 疑問句尾「か」能不能省略？

渋谷へ　行きます？

・終助詞「か」的省略規則

　　上一個文法 Q&A 我們有提及，封閉式問句時，有些情況可以不需要在句尾加上「か」即可表達疑問。但並不是所有的句子都可以省略句尾的「か」。像是下面這兩個句子，「渋谷へ行きますか」可以省略「か」，但「今日は寒いですか」就不能省略「か」。

　（○）渋谷へ　行きます？

　　　（要去澀谷嗎？）

　（×）今日は　寒いです？

　　　（今天冷嗎？）

　　封閉式問句，其句尾的「か」究竟能不能省略，取決於句尾（述語）部分的品詞以及文體為何。接下來，我們就來詳細看一下各種情況時，「か」到底能不能省略。

一、動詞：

　　動詞敬體句時，句尾加不加「か」沒有太大的差別，但動詞常體句時，無論男女，一般都偏向不加上「か」，若加上「か」，則主要為較強烈的男性口吻。

・（敬）明日、渋谷へ　行きます？
　（敬）明日、渋谷へ　行きますか。

・（常）明日、渋谷へ　行く？　　　　男女通用
　（常）明日、渋谷へ　行くか？　　　男性專用

二、イ形容詞：

　　イ形容詞敬體句時，句尾一定得加上「か」，但イ形容詞常體句時，無論男女，一般都偏向不加上「か」，若加上「か」，則主要為較強烈的男性口吻。

・（敬）北海道は　寒いです？　　（× 不太自然的講法）
　（敬）北海道は　寒いですか。

・（常）北海道は　寒い？　　　　男女通用
　（常）北海道は　寒いか？　　　男性專用

三、ナ形容詞：

　ナ形容詞敬體句時，句尾一定得加上「か」，但ナ形容詞常體句時，無論男女，一般都偏向不加上「か」，而且也不能加上「だ」。若加上「か」，則主要為較強烈的男性口吻。

- （敬）コーヒー、好きです？　　（× 不太自然的講法）
  （敬）コーヒー、好きですか。

- （常）コーヒー、（×好きだ／○好き）？　　男女通用
  （常）コーヒー、（×好きだか／○好きか）？　　男性專用

四、名詞：

　名詞敬體句時，句尾一定得加上「か」，但名詞常體句時，無論男女，一般都偏向不加上「か」，而且也不能加上「だ」。若加上「か」，則主要為較強烈的男性口吻。

- （敬）山田さんは　学生です？　　（× 不太自然的講法）
  （敬）山田さんは　学生ですか。

- （常）山田さんは　（×学生だ／○学生）？　　男女通用
  （常）山田さんは　（×学生だか／○学生か）？　　男性專用

五、關於開放式問句：

到目前為止，我們看的都是「封閉式問句」。那「開放式問句」的情況呢？

其實「開放式問句」，敬體時，句尾加不加「か」沒有太大的差別。

・（敬）明日、どこへ　行きます？
　（敬）明日、どこへ　行きますか。

・（敬）山田さんは　誰です？
　（敬）山田さんは　誰ですか。

但常體時，則句尾多不會加上「か」。若加上「か」，也並非錯誤，但會帶有一絲「追問、責問」聽話者的口吻在。

・（常）明日、どこへ　行く？　　　正常口吻
　（常）明日、どこへ　行くか？　　追問口吻

・（常）山田さんは　誰？　　　　　正常口吻
　（常）山田さんは　誰か？　　　　追問口吻

Q10 「そうです」，可不能隨便回喔！

- ・名詞述語句
- ・形容詞述語句
- ・動詞述語句
- ・「～んですか」問句

「你吃飯了嗎？」

「對啊。」

在中文裡，針對別人的問話，我們經常使用「對啊」回答。或許是因為這樣，有許多日語的初學者，就會將「對啊」直接翻譯成「そうです」。因此，當日本人問你說「ご飯を　食べましたか」（你吃飯了嗎？）時，台灣人就很容易會不小心使用「そうです」回答。

日本人：ご飯を　食べましたか。

台灣人：（x）そうです。

你沒看錯，使用「そうです」來回答「ご飯を　食べましたか」這個問句，是錯誤的講法！

在解釋「そうです」的用法之前，我們先來認識一下，日文的句子有哪些種類。

日文的句子，依照句子結尾的品詞，又分為「名詞述語句」、「形容詞述語句」與「動詞述語句」。所謂的「名詞述語句」，指的就是以名詞だ／です結尾的句子；「形容詞述語句」，就是以形容詞結尾的句子；依此類推，「動詞述語句」，當然就是以動詞結尾的句子了。這就是日文的「三大述語句」。

・名詞述語句　：私は　<ruby>学生<rt>がくせい</rt></ruby>です。
　（我是學生。）
・形容詞述語句：<ruby>今日<rt>きょう</rt></ruby>は　<ruby>寒<rt>さむ</rt></ruby>いですね。
　（今天很冷。）
・動詞述語句　：さっき　<ruby>晩<rt>ばん</rt></ruby><ruby>ご飯<rt>はん</rt></ruby>を　<ruby>食<rt>た</rt></ruby>べました。
　（剛剛吃了晚餐。）

　　而當我們使用封閉式問句來問話時，若句子為「名詞述語句」，則回答時，除了可以以重複問句的方式回答以外，肯定時亦可使用「そうです」來替代；否定時亦可使用「そうでは（じゃ）ありません」或「違います」來替代。

・A：<ruby>山田<rt>やまだ</rt></ruby>さんは　<ruby>学生<rt>がくせい</rt></ruby>ですか。
　（山田先生是學生嗎？）
　B：①はい、<ruby>山田<rt>やまだ</rt></ruby>さんは　<ruby>学生<rt>がくせい</rt></ruby>です。
　　（是的，山田先生是學生。）
　　②（はい）、そうです。
　　（是的，就是如此。）

・A：山田さんは　学生ですか。

（山田先生是學生嗎？）

B：①いいえ、山田さんは　学生では（じゃ）ありません。

山田さんは　会社員です。

（不，山田先生不是學生。山田先生是公司職員。）

②（いいえ）、そうでは（じゃ）ありません。

山田さんは　会社員です。

（不，不是的。山田先生是公司職員。）

③（いいえ）、違います。山田さんは　会社員です。

（不，不是的。山田先生是公司職員。）

　　但如果是以イ、ナ形容詞結尾的「形容詞述語句」、以及以動詞結尾的「動詞述語句句」，則不可以使用「そう」來回答。也就是說，「そう」只能用在針對名詞句的回答，不可使用於動詞句或形容詞句的問句。

・A：明日、原宿へ　行きますか。

（明天去原宿嗎？）

B：（×）はい、そうです。

（×）いいえ、そうでは（じゃ）ありません。

（○）はい、行きます。（是的，會去。）

（○）いいえ、行きません。（不，不去。）

・Ａ：そのケーキ、美味しいですか。
　　（那個蛋糕好吃嗎？）

　Ｂ：（×）はい、そうです。

　　　（×）いいえ、そうでは（じゃ）ありません。

　　　（○）はい、美味しいです。（是的，好吃。）

　　　（○）いいえ、美味しくないです。（不，不好吃。）

　這也就是為什麼當人家問你「ご飯を　食べましたか」時，你不能使用「そうです」來回答的理由。因為「ご飯を　食べましたか」是動詞句，回答時，必須說「はい、食べました」，才是正確的回覆方式。

　此外，若問句的形式為「～んですか」 (※：請參考本社出版的『穩紮穩打！新日本語能力試驗 N4 文法』第 64 項文法)，則無論句尾是動詞、名詞還是形容詞，皆可使用「そう」來應答。這是因為句尾加上「～んですか」之後，它就變成了名詞句。「ん」為形式名詞「の」的口語形式，因此「んです」其實就是「の（名詞）＋です」的結構，也就是說，它在句法上是屬於名詞句，因此可以使用「そうです」來回答喔。

・Ａ：えっ、アメリカへ　行くんですか。
　　（什麼？你要去美國？）

　Ｂ：はい、そうです。
　　（是的，沒錯。）

Q11 自己身體的一部分，為什麼是「そこ」？

- こ〜／そ〜／あ〜
- 對立型
- 融合型

　　當你背痛去看醫生時，如果你要向醫生描述你背部的某個部位在痛，正常的情況之下，你一定會一邊指著痛的地方，一邊告訴醫生說「ここが　痛いです」，使用「こ〜」系列的指示詞來表達你疼痛的位置。

　　接下來，當醫生走近你，並按著你指的地方，問你是不是這裡痛時，他會怎麼問呢？是問「ここですか」呢？還是問「そこですか」呢？

　　我們都知道，指示詞「これ／それ／あれ」與「この〜／その〜／あの〜」，若物品距離說話者近，則使用「こ〜」；若物品距離聽話者近，則使用「そ〜」；若物品在聽話者與說話者兩者勢力範圍外的，則使用「あ〜」。這個原則建立在說話者與聽話者兩人並未站在一起。這樣的情況，稱作是「對立型」的指示。

對立型：

- A：**この**　かばんは　誰<ruby>の<rt>だれ</rt></ruby>　かばんですか。
   （這個包包是誰的包包。）
   B：**その**　かばんは　山田<ruby>さんの<rt>やまだ</rt></ruby>　かばんです。
   （這個包包是山田的包包。）

　　若說話者與聽話者站在一起，則必須以距離的遠近來區分使用「こ～／そ～／あ～」，這樣的情況，就稱作是「融合型」的指示。「融合型」，就是你我兩人「心理上」是融合再一起了，而離兩人近的物品，使用「これ」「この～」；離兩人中等距離的物品，使用「それ」「その～」；離兩人遠的物品，使用「あれ」「あの～」。

融合型：

- A：**その**　人<ruby><rt>ひと</rt></ruby>は　誰<ruby><rt>だれ</rt></ruby>ですか。
   （那個人是誰？）
   B：**その**　人<ruby><rt>ひと</rt></ruby>は　鈴木<ruby>さんです。<rt>すず き</rt></ruby>
   （那個人是鈴木。）

本 Q&A 開頭去看醫生的語境，當你跟醫生面對面（沒有站在一起）時，你欲告訴醫生哪裡痛時，當然是使用對立型的用法。你的身體，當然就用「ここ」，醫生指著你的身體，當然就用「そこ」。

- （醫生坐在他的辦公桌上，你坐在診療椅上）

  私：先生、**ここ**が　痛いです。

  （醫生，我這裡痛。）

  医者：背中の　**そこ**ですか。

  （背部那裡嗎？）

而當醫生走到你身邊，要進一步看你疼痛的部位時，雖然說你們兩個現在已經是站在一起了，看似應該使用融合型的用法，但因為你們兩個所指示的東西，並不是你們兩個周遭的東西，而是你身體的一部分（背部）。因此，這樣的場景並非屬於融合型，而是對立型。這種情況下，即便你們兩個靠得很近，但你們兩人的「心理上」還是有「他的範圍」以及「你的範圍」之區分，即便很小。

當醫師摸著你的背部時，你的背部反倒成了醫生的勢力範圍，因此對醫生而言，那裡是「ここ」而不是「そこ」。但對你而言，你的背部已經不是你的背部，而是已經進入了醫生的領域範圍，所以對你而言，你的背部反而會變成是「そこ」。

- （醫生走到你的身旁，並摸著你的背，而你坐在診療椅上）

  医者：**ここ**が　痛いですか。

  （你這裡痛嗎？）

  私：はい、**そこ**です。

  （對，就是那裡痛。）

因此在對立型的語境上，如果你把你的身體交付給了對方，進入對方的領域範圍，則反而你的身體對你而言也會變為「そこ」。

　　回想一下日本動漫的劇情，爺爺叫孫子幫他抓背抓癢時，不就也講「あっ、そこそこ！」嗎？

あっ、そこそこ！

Q12 你的手機是哪一支，要用「どれ」還是「どちら」？

・「どれ」與「どちら」

　　初學者常常問的問題之一，就是想要問「哪個是你的呢？」的時候，不知道應該要使用「どれ」還是「どちら」。

　　我們在 Q05 當中學習到，詢問物品的疑問詞使用「どれ」。其實，日文當中還有另一個疑問詞「どちら」，它除了可以用來指示方向、場所以外，也可用來詢問物品是哪一個喔。

　　「どれ」與「どちら」兩者之間的差異，在於「どれ」用於詢問聽話者從「三個以上眾多物品」當中，挑選一個正確的；而「どちら」則是用於詢問聽話者「兩個物品」哪一個才是正確的。

・A：あなたの　スマホは　**どれ**ですか。
　　　（你的手機是＜這一堆裡面的＞哪一個？）
　B：**これ**です。
　　　（是這個。）

・A：あなたの　スマホは　**どちら**ですか。

　　（你的手機是＜這兩隻當中的＞哪一個？）

　B：**これ**です。

　　（是這個。）

　　請注意，使用「どちら」二選一來問你時，回答時並不是使用「こちら」來回答，因為並不是在指示方向，因此只需指著正確的物品，並使用「これ」來回答即可。

　　另外，若我們換一種問話方式，將疑問詞「どれ」或「どちら」至於句首，則一樣要比照 Q05 所學到的規則，必須要將助詞「〜は」改為助詞「〜が」。

・A：**どれが**　あなたの　本ですか。

　　（＜這一堆書裡面＞哪本是你的書呢？）

　B：**これが**　私の　本です。

　　（這本是我的書。）

・A：**どちらが**　あなたの　本ですか。

　　（＜這兩本＞哪本是你的書呢？）

　B：**これが**　私の　本です。

　　（這本才是我的。）

Q13 為什麼可以講「お名前は？」，但卻不能講「お会社は？」

お奈良です!?

- 尊敬語

- 美化語

　　之前曾經聽過這麼一個笑話：一位在大阪的學校就讀，在奈良租屋的留學生，以為只要在名詞前方都加上個「お」，就可以表示禮貌。因此當人家問他「おうちは　どこですか」（你家在哪裡）時，他回答「お奈良です」…。（※註：「おナラ」為「放屁」之意。）

　　並不是所有名詞的前方都可以加上「お」來表示敬意。像是上例的「地名」，一般就不能加上「お」。某些地名，如：「御茶ノ水、御徒町…等」，它雖然前方有「御／お」，但這已經是地名的一部分了，並不帶任何敬意，因此也不能將「御／お」省略，講成沒有「御／お」的「茶ノ水、徒町」。

　　也就是說，像是上述留學生的情況，他只要回答「うちは　奈良です」就可以了，不需要畫蛇添足，多加上個「お」。

　　「お～」，放在關於聽話者或第三者事物（名詞）的前方，用於表達說話者的敬意（尊敬語）。例如：「お国（貴國）」、「お名前（您的名字）」、「お仕事（您的工作）」、「おうち（貴府）」、

「お車（您的車子）」…等。

　　但其實能夠加上「お」來表達尊敬語的詞彙很有限，像是「（×）お会社」「（×）お学校」，都不可加上「お」來表達尊敬。

・A：お国（くに）は　どちらですか。
　　（您的國家是哪裡？）
　B：イギリスです。
　　（英國。）

・A：~~お~~会社（かいしゃ）は　どちらですか。
　　（您公司是哪間／在哪？）
　B：株式会社（かぶしきがいしゃ）ペコスです。／西新宿（にしんじゅく）です。
　　（我公司是沛可仕股份有限公司。／我公司在西新宿。）

　　若是商業或者正式場合，想要表達給對方公司的敬意，則會使用「貴社（きしゃ）」、「御社（おんしゃ）」、「貴校（きこう）」、「御校（おんこう）」等詞彙。

　　順道一提，「お」除了可以用來表達對聽話者或第三者敬意的「尊敬語」用法以外，亦有「美化語」的功能。

　　「美化語」主要是說話者為了展現自己的優雅氣質、美化用字遣詞而已，並非對於任何人的敬意。例如：「お茶」、「お寿司」、「お土産（伴手禮）」、「お手洗い」…等。這些詞彙加上「お」，並非在描述他人的物品或者是給他人的敬意，純粹就是自己展現高雅氣質而已，因此屬於「美化語」的用法。

也就是說，「美化語」用法的「お茶」，即便你自己坐在那裡喝茶，或是講述你喝的茶，也會講「お茶」。但如果是「尊敬語」用法的「お名前、お車」一定就是指別人、對方的名字和車子。你不會描述自己的車子是「お車」，但你自己喝的茶可以講「お茶」，這就是「尊敬語」與「美化語」的不同。

　此外，有些字詞一定得加上「お」，不可省略。例如：「おにぎり（飯糰）」、「おしぼり（濕毛巾）」、「おやつ（下午時段吃的零食、點心）」、「おしゃれ（打扮時髦）」…等。這些詞彙就跟本文一開始提到的地名「御茶ノ水、御徒町」一樣，一定得加上「お」使用的字彙。因為它已經不是尊敬語或美化語的任何一種，而是屬於單字中的一部分。

　美化語的「お茶」與尊敬語的「お車」，它的「お」都是可以拿掉，單獨使用「茶」、「車」。但「おにぎり、おしぼり、おやつ」…這些就是一個單字，你不能把「お」省略掉，只講「にぎり、しぼり、やつ」。省略掉後，意思完全不一樣。因此，學到這些詞彙時，就直接將它當作一個單字背下來吧！

Q14　應答時，能不能加上「ね」？

ええ、暑いですね。　今日は　暑いですね。

- 尋求同意

- 確認

- 同情

　　如果問外國人最會濫用的日文詞彙是什麼？那「ね」絕對榜上有名！

　　許多外國人學習日文時，總是喜歡動不動就在句尾加上「ね」，彷彿只要加上「ね」，就可以讓人有親近感似的。但其實「ね」可不是所有的情況都能加喔。這一個 Q&A，我們就來簡單看看「ね」的用法，以及用於回答句時，能不能加上「ね」。

　　「ね」為「終助詞」，放在句子（名詞句、形容詞句、動詞句皆可）的最後。主要的用法有三種：

　　一、尋求同意：

　　第一種用法為說話者認為聽話者與自己持有相同的意見，進而「尋求聽話者的同意」時，就會使用「ね」來發話。在這樣的語境下，聽話者給予回覆時，若聽話者亦持有相同的意見，則就會於回

覆時的句尾加上「ね」。不同意時，則不會於回覆句尾加上「ね」。

- A：鈴木君、イケメンですね。
  （鈴木君好帥喔。）
  B：ええ、イケメンですね。／（ええ）、そうですね。
  （對啊，他好帥喔。）

- A：今日は　暑いですね。
  （今天好熱喔。）
  B：ええ、暑いですね。／（ええ）、そうですね。
  （對啊，好熱喔。）

疑？老師啊，你不是在 Q10 的時候有說到，「そう」用來回答，表肯定時，只能用來針對名詞句的回答嗎？上面第二個例句是形容詞耶，你怎麼也用「そう」在答覆呢？

是的。當我們使用「そうですね」來表達自己與對方同意見時，是可以用於回答形容詞句以及動詞句的。這比較特殊，就當作例外記起來吧！

接下來，我們來看看「ね」的第二種用法：

二、確認：

當說話者不太確定自己所知道的知識或者自己的判斷是否為正確，進而向「聽話者確認」時，亦可使用「ね」來詢問。在這樣的語境下，聽話者給予回覆時，若聽話者認為說話者正確時，回覆句的句尾不可加上「ね」。

・Ａ：ここは　会議室ですね（↗）。

　　（這裡是會議室，對吧。）

　Ｂ：はい、会議室ですね。／

　　ええ、会議室ですね。／ええ、そうですね。

　　（是的，這裡是會議室。）

　　いいえ、違います。ここは　社長室です。

　　（不，不是。這裡是社長室。）

・Ａ：明日の　パーティー、田中さんも　来ますね（↗）。

　　（明天的派對，田中你也會來，對吧。）

　Ｂ：はい、行きます。／

　　ええ、行きます。／（×）はい、そうです。

　　（是的，我會去。）

　　いいえ、私は　行きません。

　　（不，我不會去。）

三、同情：

　　最後，「ね」的第三種用法，就是大家最常講的「大変ですね」。它主要是用來表達說話者對聽話者「同情」的心情，因此並非是前兩種用來尋求同意或者確認的用法。可以把它當作是慣用表現，記起來就好。

・Ａ：私は　毎日　働きます。（我每天都工作。）
　Ｂ：大変ですね。（辛苦你了。）

順帶一提，「ね」除了上述放在句尾作為「終助詞」的用法以外，還可以放在句子或文節的中間：

・昨日ね、田中さんにね、会ったんですよ。
　（昨天啊，我見了田中喔。）
　それでね、ハワイ旅行のお土産をね、くれたんですよ。
　（然後啊，他給了我夏威夷的伴手禮喔！）

　　會使用這樣的講話方式，語感上就是說話者要讓對方（聽話者）感受到，「說話者並不是自顧自地、一股腦兒地在講話，而是有意識到對方（聽話者）的存在」。

Q15 「～よ」，上升語調還是下降語調？

へえ、料理　できるの？

できるよ（↘）、料理ぐらい！

・提醒

・抗議及不開心

　「よ」與上一個 Q & A 提到的「ね」一樣，都是「終助詞」，放在句子（名詞句、形容詞句、動詞句皆可）的最後。主要用於告知對方不知道的事情（帶有提醒的語氣）。因此亦可用於回覆上個 Q & A「～ね」的第二種用法「確認」，否定時的狀況。這種用法，句尾的語調要上升。

・財布、落ちましたよ（↗）。（錢包掉了喔。）

・その小説は、面白いですよ（↗）。（那本小說很有趣喔。）

・A：それは　文法の本ですか。
　（那個是文法書嗎？）

　B：いいえ、これは　語彙の本ですよ（↗）。
　（不，這是字彙書喔。）

・Ａ：明日のパーティー、田中さんも　来ますね（↗）。

（明天的派對，田中你也會來，對吧。）

Ｂ：いいえ、私は　行きませんよ（↗）。

（不，我不會去喔。）

　　順帶一提，若是用於「回答對方向你的請求，而你答應對方的請求」的語境，則一定得加上「よ」，使用「いいですよ／いいよ」來回覆。

・Ａ：ちょっと、手伝ってくれる？

Ｂ：（○いいよ（↗）／×いい）。

　　至於什麼時候會使用下降語調呢？當說話者覺得聽話者似乎是小看了自己時，說話者就會使用下降語調的「よ」來回答對方。這樣的語境下，口氣中還帶有一點抗議以及小不開心的感覺。

・Ａ：アメリカへ　行ったことが　ある？

（你有去過美國嗎？）

Ｂ：あるよ（↘）。

（有拉！／當然有啊！）

・Ａ：へえ、料理　できるの？

（你會做料理喔？）

Ｂ：できるよ（↘）、料理ぐらい！

（當然會啊，區區料理＜這麼簡單的事＞！）

Q16 「よね」跟「ね」有什麼不一樣？

- 「よね」的用法

- 與「ね」的比較

　　我們分別於 Q14 與 Q15 學習到了「ね」與「よ」。而其實「よ」與「ね」還可以複合再一起，構成「よね」這樣的講法。

　　基本上「よね」跟「ね」的用法，一樣有「尋求同意」以及「確認」兩種用法。Q14 中的「ね」，也都可以替換為「よね」。

・A：鈴木君、イケメンです**よね**。
　　（鈴木君好帥喔。）

　B：ええ、イケメンです**ね**。
　　（對啊，他好帥喔。）

・A：ここは　会議室です**よね**。
　　（這裡是會議室，對吧。）

　B：はい、会議室です。
　　（是的，這裡是會議室。）

不過「よね」與「ね」的語感有些不同。「よね」還帶有一股「說話者對於自己的意見不是很有把握」以及「對於自己的記憶有些不確定」的語感在。

　　也就是說，當你講「鈴木君、イケメンですね」時，代表你覺得鈴木很帥，而你對你的審美觀也很有自信，因此也尋求對方的同意，來對鈴木的帥表示讚嘆。但當你講「鈴木君、イケメンですよね」時，則代表你對於自己的審美觀不是很有自信，常常把渣男當帥男，因此小心翼翼的問對方說，「他很帥，對吧。我眼光沒錯，對吧！」。

　　・（？）今日（きょう）は　暑（あつ）いですよね。
　　　　（今天好熱喔。）

　　因此，像是上句這樣講「今天好熱喔」的情況，因為天氣熱，是一個客觀事實，對方不太可能跟你感覺到的氣溫不同，你也不會對於今天到底熱不熱「感到沒把握」或「不卻定」，因此不會使用「よね」來尋求對方的同意。

　　除非，你人在室內或者國外，然後對於今天國內的天氣到底熱不熱不是那麼確定，又或者你來自非洲，對於溫度的感覺與台灣人不同，因此不太確定到底今天的天氣對於台灣人而言到底是算不算熱，才會使用「感到沒把握」的「よね」來尋求同意。

　　正因為如此，在「事實很明顯與你的記憶不同」時，反倒就只能使用「感到沒把握」、「不確定」的「よね」來詢問。

・あれ？　区役所が　閉まっている。

　　今日は　月曜日です（×ね／○よね）。

　　（疑？區公所沒開。今天是星期一對吧？）

　　就像上句的語境，你的認知當中，星期一區公所應該會辦公，但來到了現場卻發現區公所沒開，因此你對於「今天是否為星期一」感到「沒把握」、「不確定」，因此這種情況下就只能使用「よね」來跟你身旁的人尋求同意。

Q17 為什麼不能講「田中さんは嬉^{うれ}しい」？

- ・感情感覺形容詞

- ・屬性形容詞

　當我們收到禮物時，為了表達自己的喜悅，都會講「わあ、嬉しい」。這裡當然是指「我」很高興。這種情況，大部分都不會把主語「私は」講出來。而當我們要表達第三人稱：田中先生很高興時，也不能說「田中さんは　嬉しい」，當然也不能講「彼は　嬉しい」。也就是說「嬉しい」的主語，一定是我，不會是別人！這是為什麼呢？

　我們在學習日文的形容詞時，都是依照其「活用」方式來做分類、學習的：一為「イ形容詞（又稱形容詞）」，一為「ナ形容詞（又稱形容動詞）」。但其實還有另外一種分類方式，是依照其「詞義」來做分類的喔。

　若依照詞義來做分類，則無論是イ形容詞還是ナ形容詞，都可再細分成：①用來描述人、事、物的狀態、性質，或說話者對某人、事、物所抱持的印象或價值判斷等，表「屬性」的形容詞；以及②表達說話者的「感情・感覺」的形容詞兩種。

【イ形容詞】

①表屬性：

例：大きい、小さい、新しい、古い、近い、遠い、多い、良い…等。

②表感情・感覺：

例：楽しい、悲しい、嬉しい、痒い…等。

【ナ形容詞】

①表屬性：

例：綺麗（だ）、有名（だ）、便利（だ）、素敵（だ）、同じ（だ）、
静か（だ）、賑やか（だ）、シンプル（だ）…等。

②表感情・感覺：

例：不安（だ）、心配（だ）、好き（だ）、嫌い（だ）…等。

　　表屬性的形容詞並沒有人稱限制，但表「感情・感覺」的形容詞，就只能用在「第一人稱」以及「第二人稱疑問句」上。這是因為感情・感覺這種東西，只有你自己本身才知道。而且正因為感情・感覺形容詞只能用在第一、二人稱，因此經常會省略主語「私」、「あなた」。

- ・（○）（私は）嬉しい。（我好高興。）
- ・（○）（あなたは）足が　痛いですか。（你腳會痛嗎？）
- ・（×）　鈴木さんは　悲しいです。

　　這也就是為什麼我們本項 Q&A 的問題：「田中さんは　嬉しい」這一句話不合文法的理由。

這裡補充一點，當我們想要使用感情・感覺形容詞來描述第三人稱的感情・感覺時，則必須配合樣態助動詞「～そうだ」或者是接尾辞「～がる」使用。

・彼は　悲しそうだ。
（他看起來很悲傷。）

・あの犬は　不安がっています。
（那隻狗很不安的樣子。）

但，也並不是所有的感情感覺形容詞都不能用在第三人稱上。像是文章或故事上的描述，又或者是「好きだ」、「嫌いだ」等容易外顯出來（讓他人觀察到）的感情，在某些情況下還是可以使用於第三人稱。因為那種語境之下，他人的厭惡或者喜歡的感情，是「看得出來」的。

・（私は）　あなたが　大嫌いだ。　みんなも　あなたが
　大嫌いだ。
（我最討厭你了。大家也都很討厭你。）

一個形容詞究竟是「感情・感覺形容詞」還是「屬性形容詞」，要怎麼判斷呢？其實一個形容詞究竟是屬於是哪一種，並非 100% 絕對。依使用狀況，一個形容詞某些情況之下，它是「感情・感覺形容詞」，但在另一種情況下，它也有可能是「屬性形容詞」。如：

・私は　幽霊が　怖い。　　　感情・感覺形容詞
（我很怕幽靈。）

・幽霊は　怖いです。　　　　　　属性形容詞
（幽靈很恐怖。）

「私は　幽霊が　怖い」，很明顯在講述主語「我」的感情感覺，述說我害怕幽靈，因此這句話當中，「怖い」就屬於「感情・感覺形容詞」。

而「幽霊は怖いです」，則是在敘述「幽霊」這種東西是恐怖的東西，因此這句話當中，「怖い」是在講幽靈的屬性，當然它就是「屬性形容詞」囉。

最後補充一點：

用於表達我想要某物的「欲しい」亦為感情・感覺形容詞；用於表達我想做某行為的助動詞「〜たい」則和感情・感覺形容詞有相同的文法規定，都不可使用於第三人稱喔。

Q18 「大きな古時計」？
「大きい」明明是「イ形容詞」啊？

・連体詞

・「大きな」與「大きい」的異同

　記得日本歌手平井堅，曾經翻唱過「大きな古時計」這首歌，歌詞就是「大きなのっぽの古時計、おじいさんの時計…」。

　當時還有學生興高采烈地跑來跟我說，老師，平井堅的文法搞錯了！他把イ形容詞「大きい」當作是ナ形容詞了！我心裡想著，你才搞錯！你全家都搞錯！

　其實「大きい、小さい、おかしい」三個字，在修飾名詞時，除了使用「大きい＋名詞、小さい＋名詞、おかしい＋名詞」以外，亦有「大きな＋名詞、小さな＋名詞、おかしな＋名詞」的用法，如：「大きな顔、小さな夢、おかしな事件」…等。

　「大きな〜、小さな〜、おかしな〜」嚴格上來說不能算是「イ形容詞」，它們在文法上被歸類為「連體詞」。

　所謂的連體詞，指的就是一定要伴隨著一個名詞一起使用的詞彙（※註：「名詞」又稱作「體言」）。像是：この、その、あの、こんな、そんな、

80

あんな、あらゆる、いわゆる、いかなる、ほんの、単なる、とんだ、大した、ろくな、暖かな…等。這些詞的後面一定都要緊跟著一個名詞，不能單獨使用。

此外，有些連體詞還必須伴隨著句尾的否定一起使用，如「ろくな、滅多な…」等。

・最近、ろくな　ものを　食べていない。
（最近都沒吃什麼像樣的東西）

至於「大、小、奇怪」這三個字，到底什麼時候應該使用「イ形容詞」的「大きい、小さい、おかしい」，什麼時候又應該要使用「連體詞」的「大きな～、小さな～、おかしな～」呢？

一般而言，具體物使用「大きい＋名詞、小さい＋名詞、おかしい＋名詞」，抽象物則多使用連體詞「大きな＋名詞、小さな＋名詞、おかしな＋名詞」，如：「大きいかばん」（具體物）、「小さな夢」（抽象物）。

但其實「大きなかばん（具體物）、小さい夢（抽象物）」也並非錯誤，因此上述的規則並非絕對。說話者如何使用，主要還是看習慣。至於「大きな古時計」它就是一首歌的歌詞，就不要想太多了，跟著唱就對了！

Q19 為什麼我家附近的餐廳，不能講「家の近いレストラン」？

- 「近い」與「近くの」的異同

- 「遠い」與「遠くの」的異同

　　許多剛學日文不久的學生，要講「我家附近的餐廳」，都講成「家の近いレストラン」，因為這些學生很認真，有記住老師說的：イ形容詞修飾名詞，要使用「～い＋名詞」的形式。然後當他們被老師糾正成「家の近くのレストラン」後，都表現出一副疑惑的眼神。問老師為什麼？老師也都只說「近くのレストラン、遠くの店」，這是特殊用法…。

　　對啦！這的確是特殊用法。會有這樣用法的，也就只有「近い、遠い、多い、少ない」四個字而已，當作例外背起來就對了！

　　雖是這樣說，但其實並非沒有「近い＋名詞、遠い＋名詞」的用法，而且「近くの＋名詞、遠くの＋名詞」與「近い＋名詞、遠い＋名詞」，在語意上是不太一樣的。

　　本 Q&A 先來了解「近い、遠い」與「近くの、遠くの」的異同，下一個 Q&A 再來解決「多い、少ない」！

一、「近くの〜、遠くの〜」翻譯為「（某處）附近、遠處」。

當欲表達「到附近的超市」這種「以某處（例如你家）為基準，在其附近」的語境時，不可使用「近い＋名詞」。

・家の　（○近くの／×近い）　スーパーまで
買い物に　行きます。

（我要去我家附近的超市買東西。）

至於「遠くの〜」，則多半單獨使用，用於表達「遠處、遠方」之意，並不會講出基準點。因此可以講「遠くのスーパー」，但是不能講「家の遠くのスーパー」。

・（×）家の　遠くの　スーパーまで　買い物に　行きます。
　（○）遠くの　スーパーまで　買い物に　行きます。
　　　　（去遠處的超市買東西。）

二、「近い＋名詞、遠い＋名詞」翻譯為「離（某處）很近／很遠」。

這種用法，由於是用於表達「被修飾名詞的性質」，因此屬於連體修飾句（形容詞子句），前面會伴隨著補語（車廂）（※ 註：參考 Q02）一起使用。也就是說，這種用法前方都會跟著助詞「〜から」或「〜に」的車廂，來構成一個連體修飾句（形容詞子句）。

因此當你要表達「離車站很遠的房子」這種敘述房子本身條件性質的語境時，就不可使用「近くの＋名詞、遠くの＋名詞」。（※ 註：下面例句，底線部分為連體修飾句，框框部分為被修飾名詞。）

・駅から　（×遠くの／○遠い）家は　不便です。
（離車站遠的房子很不方便。）

此外，「近い」與「遠い」兩者，除了表示上面那種「實質空間」的距離以外，亦可用來表達「時間上的遠近」或者「人際關係上的遠近」。但因為語境上，表達時間與人際關係的遠近時，比較偏向講述被修飾名詞的「性質」，因此上述兩者情況會使用「近い、遠い」，而不會使用「近くの、遠くの」。

・それは、もう　遠い昔の　ことだ。
（那已經是很久以前的事了。）

・近い将来、コロナは　必ず　収束し、景気は　回復するでしょう。
（不久的將來，武漢肺炎疫情一定會平息，景氣會回復的。）

・春日さんは、僕の　遠い親戚です。
（春日先生是我的遠親。）

Q20 「多い」有「多くの」，那「少ない」是「少なくの」嗎？

- 「多い」與「多くの」的異同

- 「少ない」與「少しの」的異同

　　延續上一項文法 Q&A。「多い」在修飾名詞時，也是除了使用「多い＋名詞」以外，亦有「多くの＋名詞」用法，如：「多くの人」…等。兩者的差別在於：

　　表達「數量很多」時，僅可使用「多くの＋名詞」。

・（○多くの／×多い）人が　ロシアとの戦争で　亡くなった。
（很多人死於和俄羅斯的戰爭。）

　　表達「此名詞的性質，是具有很多某物品、某特徵」時，則必須使用連體修飾句（形容詞子句）「〜が　多い人」的形式。

・港区には、給料が（×多くの／○多い）人が　たくさんいます。
（在港區，薪水很高的人大有人在。）

　　至於「少ない」在修飾名詞時，則是除了使用「少ない＋名詞」

以外，還會使用「少しの＋名詞」的用法，如：「少しの努力」…等。對的，日文中並沒有「少なくの＋名詞」的用法喔！

表達「少少的努力」時，僅可使用「少しの努力」。

・一人一人の　（○少しの／×少ない）努力で　世界が変わる。

（每個人都努力一點點，世界就會改變。）

表達「某名詞的性質，是具有很少某物品、某特徵」時，則一樣必須使用連體修飾句（形容詞子句）「～が　少ない＋名詞」的形式。

・私は、人が（×少しの／○少ない）街に　住みたい。

（我想要住在人很少的地方。）

Q19 與 Q20 所學習到的「近い、遠い、多い、少ない」與「近くの、遠くの、多くの、少しの」算是形容詞當中，比較特殊的用法。學習時，必須稍微留意一下個別使用的狀況喔。

Q21 為什麼「～を好<ruby>好<rt>す</rt></ruby>きだ」助詞可以用「～を」？

- 「好く」與「嫌う」

- 「～を好きだ／嫌いだ」

　　日文的形容詞作為句尾的述語時，無論是イ形容詞句還是ナ形容詞句，其前方的補語（車廂）會使用到的助詞非常有限，不像動詞這麼多樣化，大概就只會有「～は」、「～が」、「～に」等必須補語，以及少數幾個形容詞前方還會使用「～から」、「～と」或是「～で」等副次補語而已。(※註：『你以為你懂，但其實你不懂的日語文法Q & A』p.26。)

　　換句話說，就是形容詞句的句型非常少。而且基本上，形容詞前方的助詞不會有「～を」。也就是說，「～を」是動詞專用的車廂，因為它是用來表示他動詞（及物動詞）的目的語（受詞），或移動語意自動詞的移動、離脫場所。

　　但，疑？怎麼很像有時候會聽到日本人說「～を　好きだ」呢？「好きだ」不是ナ形容詞嗎？前面的喜歡對象的助詞不是應該使用「～が」嗎？

　　是的，正確的日文文法，ナ形容詞「好きだ、嫌いだ」，其表示喜歡或討厭等感情對象，應該要使用「～が」才對，但會有「～を

好きだ／嫌いだ」這種用法，或許是因為這兩個形容詞都是源自於動詞的緣故。

「好きだ」源自於動詞「好く（喜好）」，而「嫌いだ」則是源自於動詞「嫌う（厭惡）」。這兩個動詞在使用時，感情的對象的確也是使用助詞「～を」。只不過前者「好く」在現代文中，大多使用於否定形或被動形。

・彼は　誰も　好かないし、誰も　彼を　好かない。
（他不喜歡任何人，而大家也都不喜歡他。）

・彼は　みんなに　好かれている。
（他受到大家的喜愛。）

・彼女は　私を　嫌っている　ようだ。
（她似乎討厭我。）

・同僚に　嫌われると、仕事が　やりづらいです。
（被同事討厭，工作就很難進行。）

雖說「好きだ」跟「嫌いだ」這兩個ナ形容詞，前方可以使用助詞「～を」，但也不是無條件地可以使用。如果只是單純地表達喜歡或者討厭某人、事、物（使用於單句的語境下），則多半只能使用「～が」，而不會使用「～を」。

・私は　ラーメン（○が／×を）　好きだ。
（我喜歡拉麵。）

・私は あなた（○が／×を） 嫌いだ。

（我討厭你。）

　但若是「好きだ」、「嫌いだ」是「～と」引用節等從屬子句內的述語，且子句內有主體「～が」時，則喜歡／厭惡的對象反倒會使用「～を」。

・ 彼が 私（？が／○を）好きだと いう根拠は

　どこにも ない。

（沒有任何證據顯示他喜歡我。）

・ 相手を 嫌いだと 思うと、それが 相手に 気付かれて

　相手からも 嫌われてしまう。

（如果你一直想著討厭對方，就會被對方察覺，然後你也會被
　對方討厭。）

　或許這是為了避免跟表主體的「～が」搞混，才形成的一種助詞的替換現象也說不定。

　此外，若是使用於連體修飾句（形容詞子句）中，則經常會使用「～を　好きになる」、「～を　嫌いになる」的講法。

・ 彼女が 父親（？が／○を）嫌いに なった 理由 が

　わかった。

（我總算知道為什麼她討厭她爸了。）

・人が　人（？が／○を）好きに　なる 瞬間 って、どんな時

ですか。

（當一個人愛上另一個人的那一瞬間，是怎樣的時刻呢？）

Q22 家族（の中）で，「〜の中」到底要不要？

- 「で」與「の中で」的異同

- 「に」與「の中に」的異同

在我們講述「三者以上比較」時，會使用「で」來表示在某一個特定範圍或者範疇內事物的比較。如：

- 台湾（○で／？の中で）　一番　お金が　ある人は　誰ですか。
（台灣最有錢的人誰呢？）

- あの　3人（？で／○の中で）　誰が　一番　背が　高いですか。
（那三個人誰的身高最高呢？）

- 家族（○で／○の中で）　兄が　一番　頭が　いいです。
（我們家哥哥的頭腦最好。）

像是上述例句這樣，有些情況需要加上「の中」，有些情況則不需要，還有些情況則是要不要加「の中」都可以。難道⋯需不需要「の中」，跟前接的名詞有關係嗎？

對的。其實原則上，「〜で」的前方若為表場所的名詞時，則一般不會使用「〜の中」，但加上也不算是錯誤。

・日本（○で／？の中で）　東京が　一番　賑やかです。

（日本當中，東京最熱鬧。）

　　而「～で」的前方若為表人數時，則一般會加上「～の中」，但不加也不算錯誤。

・この４人（？で／○の中で）　椋太君が　一番　背が

高いです。

（這四人當中，椋太的身高最高。）

　　除了這兩種情況以外，其餘的情況皆是有無「～の中」皆可。

・果物（○で／○の中で）　バナナが　一番　美味しいです。

（水果當中，香蕉最好吃。）

　　順帶一提：表「場所」的名詞，除了在上述的比較句當中，可以不需要加上「～の中」以外，在講物品的存在的存在句時，也是可以不需要加上「～の中」。

・教室（○に／○の中に）は　机が　あります。

（教室裡有桌子。）

　　但若「～に」的前方名詞，並非為教室、房間…等「表場所」的名詞，而是某物品時，就必須加上「上、下、左、右、前、後ろ、中、横、隣、側」等表位置的詞彙，來表達物品與其相對上的位置。

・テーブル（×に／○の上に）は　本が　あります。

（桌上有書。）

Q23 「中」，唸作「ちゅう」還是「じゅう」？

会議中

- 「ちゅう」的用法

- 「じゅう」的用法

　　既然上一個文法 Q&A 提到了「中（なか）」，那本項文法 Q&A 就不得不來提一下「中（ちゅう／じゅう）」。

　　「ちゅう」跟「じゅう」怎麼分，也是日語初學者最困惑的問題之一。其實兩者的意思不太一樣，因此前面會接的詞彙也不太一樣。本篇整理了什麼情況應該唸「ちゅう」，什麼情況應該唸「じゅう」的規則，但最好的方法，就是在學習個別詞彙時，一併記下來。

　　一、以下為唸作「ちゅう」的情況：

① 接在人數的後面，表達總人數，多用於描述比例時使用。
　　例：10 人中 6 人
　　　　にんちゅう　　にん

- この問題は　簡単なのに、10 人中 6 人は　間違えます。
　もんだい　　かんたん　　　　　にんちゅう　にん　　まちが
（這個問題明明很簡單，但十個人當中有六個人會搞錯。）

② 接在空氣與水的後面，表示在其當中。
　　例：空気中、水中、霧中…等。

・空気中の　酸素って　何 % ですか。
（空氣中的氧氣是幾 %。）

③ 接在特定的期間後面，表示在那個期間當中做了某動作。此
　　用法後面多伴隨著一次性的動作或瞬間性動作。
　　例：午前中、今月中、夏休み中、不在中…等。

・午前中に　電話を　ください。
（請於上午時打電話給我。）

④ 接在動作性名詞（可與「する」共用的名詞）後方，表示正
　　在進行此動作之意。此用法可替換為「〜ている」。
　　例：食事中、電話中、会議中、工事中、商い中、話中、
　　　　留守中…等。

・食事中は　タバコを　ご遠慮　ください。
（吃飯時請不要抽煙。）

・申し訳ありませんが、山田は　ただいま　電話中です。
（不好意思，山田還在講電話。）

二、以下為唸作「じゅう」的情況：

① 接在表地理範圍、集團範圍或建築物名詞的後方，表示在那
　　個地方整體之意。

例：世界中、アジア中、日本中、国中、東京中、町中…等。

・この本は　世界中で　読まれています。

（這本書在全世界被廣為閱讀。）

例：学校中、会社中、親戚中、建物中、家中、部屋中…等。

・あの　スキャンダルで、学校中　大騒ぎだ。

（因為那件醜聞，整個學校天翻地覆。）

② 接在表期間名詞的後方，表示在那個期間一直持續著某個狀
態。此用法後面多伴隨著「ずっと」以及持續性的動作。
例：一年中、一日中、一晩中…等。

・この島は　暖かくて、一年中　ずっと　綺麗な花が
咲いている。

（這座島嶼很暖和，一整年都開著漂亮的花朵。）

・昨日は　一日中　雨だった。

（昨天一整天都在下雨。）

・歯が　痛くて、一晩中　寝られなかった。

（牙齒很痛，整晚都無法入睡。）

Q24 「〜と会います」還是 「〜に会います」？

- 相互動作「〜と」

- 對方「〜に」

- 「話す」與「言う」的異同

と？に？
→

　　當我們要表達與某人見面時，會使用動詞「会います」。這時，見面的對象除了可以使用表「相互動作」的「〜と」以外，亦可使用表「對方」的助詞「〜に」。

・友達（○と／○に）　会います。
（和朋友見面／見朋友。）

　　但其實使用「〜と」還是使用「〜に」，兩者的語意稍有差異。

　　若講「友達と　会います」，意思則是「兩人互相約碰面」，並無誰主動去見誰的問題。但若講「友達に　会います」，意思則是「說話者單方向去找朋友」，語感上偏向主語主動去找對方。

　　也就是說，會有這樣兩種可以選擇的狀況，是因為「会います」這個動詞的語意比較特殊，可以用來描述單方面的動作，亦可用來描述雙方面的相互動作。

除了「会います」以外，動詞「話します」也是有相同的情況：

・山田さん（○と／○に）　話します。
（和山田先生講話／向山田先生說。）

「山田さんと　話します」表示「兩人談話」，並無誰單方面向誰搭話的問題。但若是「山田さんに　話します」，則語感偏向說話者主動去找對方攀談。說話者講話，可能山田先生只有聽，並無開口。因此若是要表達「說話者單方面去告知山田先生某事情」，則會使用「～に」。

既然這裡提到了「話す（話します）」，就不得不順道提一下它的類義語「言う（言います）」。

「言う」說話的對方，就只能使用「～に」，不會使用「～と」。這是因為「言う」語意上屬於單方面的動作，而非兩人互相互動的動作。因此「山田さんとお礼を言います」是錯誤的講法。

・山田さん（×と／○に）　お礼を　言いました。
（我向山田先生道謝了。）

順道一提：「言います」前面若使用到助詞「～と」，它會被解釋為「說話的內容」：

・山田さんに　ありがとうと　お礼を　言いました。
（我向山田先生道謝了，說了「謝謝」。）

就像上例這樣，「道謝」的日文。就是「お礼を　言います」，而道謝時所講述的內容，就是「ありがとう」，使用「～と」來表

達述說出來的話語。

　　另外，如果單純只講「山田さんと　言います」則是用於在講述
自己、他人的名字或物品名稱時使用。

・私は　（名前を）　山田と　言います。
（我的名字是山田。）

・あの　新人は　（名前を）　鈴木と　言います。
（那個新人的名字叫鈴木。）

・君の　名~~を~~は　何と　言いますか。（※註）
（你的名字叫什麼呢？）

・現在の　年号~~を~~は　「令和」と　言います。（※註）
（現在的年號叫做「令和」。）

※註：最後兩例的「～を」改為「～は」，為「主題化」，請參考 Q01~Q02。

Q25 「登ります」前方助詞是「〜に」、「〜を」還是「〜で」？

- 目的地「〜に」

- 行經場域「〜を」

- 動作場所「〜で」

　　爬山，到底日文是「山に　登ります」、「山を　登ります」還是「山で　登ります」呢？其實要選擇哪個助詞，完全取決於動詞的語意。

　　動詞「登る（登ります）」為「登上、爬上」的意思，因此它可以使用助詞「〜に」來表達「登る」這個移動動作的「目的地」。

・猿が　木に　登る。
（猴子爬上樹。）

・あの　丘に　登ろう。
（我們爬到那個山丘上吧。）

・五合目から　富士山の　山頂に　登った。
（從五合目爬到了富士山的山頂。）

　　也就是說，「山に　登ります」語感上偏向「朝向山頂這個目的

地，出發前進」。

而「登る」的前方亦可使用助詞「～を」來表達「經過的場域」。

・坂道<ruby>坂道<rt>さかみち</rt></ruby>を　登<ruby>登<rt>のぼ</rt></ruby>った。
（爬坡道。）

・富士山<ruby>富士山<rt>ふ じ さん</rt></ruby>を　登<ruby>登<rt>のぼ</rt></ruby>った。
（爬富士山。）

也就是說，「山を　登ります」語感上偏向「從山底下爬到山頂，行經整座山」。

因此，到底要使用助詞「～に」還是「～を」，端看說話者怎麼「看待」「山」這個東西。如果是「登頂，山的頂端是目的地」，則使用「～に」，如果是「行經場所，山是經過的路徑」，則使用「～を」。

・山<ruby>山<rt>やま</rt></ruby>を登<ruby>登<rt>のぼ</rt></ruby>って、川<ruby>川<rt>かわ</rt></ruby>を渡<ruby>渡<rt>わた</rt></ruby>って、恋人<ruby>恋人<rt>こいびと</rt></ruby>に会<ruby>会<rt>あ</rt></ruby>いに行<ruby>行<rt>い</rt></ruby>きます。
（跋山涉水，去見情人。）

至於「～で」，則是表「動作施行的場所」。因此如果單單講「山で　登る」的話，語意將不夠完善，因為這句話就僅僅只是表達「在山裡，做爬這個動作」而已，並沒有將「爬」的經過場所或者是目的地講出來。要表達完整的語意，就一定得伴隨著其他更詳細的情報，如：「～に」或「～を」等一起使用。

・小<ruby>小<rt>ちい</rt></ruby>さい頃<ruby>頃<rt>ころ</rt></ruby>、　よく　あの　山<ruby>山<rt>やま</rt></ruby>で　木<ruby>木<rt>き</rt></ruby>に　登<ruby>登<rt>のぼ</rt></ruby>った。
（我小時候，經常在那山上爬樹。）

・高尾山で　花の　咲く　道を　山頂に　登った。
（在高尾山行經開滿花朵的山路，爬上了山頂。）

　　也就是說，除非是在問與答的對話當中，回答句省略其他（問句已提到的）助詞的情況，才會只講「山で　登る」，不然一定得伴隨著「～に」、「～を」等其他補語（車廂）的出現。

・Ａ：どこで　木に　登ったの？
　　　（你是在哪裡爬樹的？）
　Ｂ：学校の　裏山で　登った。
　　　（在學校的後山爬的。）

Q26 「寝ます」睡覺的時間點，是使用「〜に」還是「〜から」？

- 持續動作與瞬間動作

- 「寝る」的助詞

- 「始まる」與「終わる」的助詞

　　當我們在表達關於時間時，經常會使用助詞「〜から」、「〜まで」或「〜に」。若動詞本身是用來表達一段持續時間的動作（時間上有起始點以及結束點），如：「寝ます、働きます、休みます、勉強します」時，則多會與「〜から」、「〜まで」一起使用。

- 私は、夜 11時から 朝 6時まで 寝ます。
（我從晚上 11 點睡到早上 6 點。）

- 毎週、月曜日から 金曜日まで 働きます。
（每星期都從星期一工作到星期五。）

　　而如果動詞本身是用來表達動作發生的時間點（一瞬間的動作），如：「起きます、寝ます、始まります、終わります」，則必須使用「〜に」來表達動作發生的時間點。

- 毎朝、6時半に 起きます。
（每天早上 6 點半起床。）

・今夜、11 時に 寝ます。
（今晚 11 點上床睡覺。）

也就是說，要使用哪個助詞來表達時間，端看你所想要表達的動詞的語意。

老師，你打錯了！持續動作那裡你打了「寝ます」，然後下面瞬間動作那裡你又重複打了一個「寝ます」。

我可沒打錯喔！

所以「寝ます」到底是持續動作還是瞬間動作啊？

其實「寝ます（寝る）」這個字算是很特殊的。它既可表達持續性的動作，也可以表達一瞬間的動作！如果你是想要表達「上床睡覺的」時間點，那它就是瞬間動作，就伴隨著「～に」使用。如果你是想表達「從幾點睡到幾點」的一段期間，那它就是持續動作，就使用「～から　～まで」。

除了「寝ます」很特殊以外，「始まります」也很特殊。

「始まります」是瞬間動作，因此理所當然，是使用「～に」來表達開始的時間點。但其實它亦可使用表示動作起點的「～から」。

・授業は　8時（○に／○から／×まで）　始まります。
（課程 8 點／從 8 點開始。）

但由於「始まります」的語意聚焦在「開始」這裏，因此它並不可以與「～まで」一起使用，來表達結束的間點。

此外，與「始まります」相對應的「終わります」也是瞬間動作，但它僅可使用「～に」來標出結束的時間點，無法與「～から　～まで」一起使喔！

・学校は　午後４時（○に／×から／×まで）　終わります。
（學校於下午４點結束。）

Q27　時間，到底要不要加「～に」？

- 絕對時間與相對時間

- 可加可不加「に」的情況

上一個文法 Q&A，我們看到了表達時間點的助詞「～に」（某個時間點做某動作）。但日文中，卻有些表達時間的詞彙後方不能加上「～に」，這是為什麼呢？

其實究竟時間的部分要不要加「～に」，端看這個時間是「絕對的時間」還是「相對的時間」。以下說明使用「∅」符號，來表示「無助詞（不需要加任何助詞）」。

所謂的「絕對時間」，指的就是「不管你什麼時候說話，那個時間都不會隨之變動，都是絕對的」。例如：「午後 3 時、令和 4 年、11 月 8 日、お正月、クリスマス、誕生日…」等。

上述的時間，無論你是今天早上講話，還是今天下午講話，「午後 3 時」就是「午後 3 時」，不會隨著你講話的時間點而有所變動。你的「誕生日」亦然，你一年當中，無論什麼時候講到你自己的生日，都是固定的那一天，不會有所變動。像是這樣的時間，就叫做「絕對時間」。絕對時間必須使用「～に」來點出那個時間點。

・午後 3 時（○に／×∅）　おやつを　食べます。

（下午三點吃點心。）

・お正月（○に／×∅）　実家に　帰ります。

（新年要回老家。）

　　至於所謂的「相對時間」，指的就是「會隨著你講話的時間點，而隨之變動的」。例如：「今、昔／昨日、今日、明日／先週、今週、来週／先月、今月、来月／去年、今年、来年…」等。

　　上述的時間，你今天講的「今日」與明天講的「今日」，絕對不會是同一天。今年為 2022 年，這時候講的「去年」，當然就是東京奧運舉辦的 2021 年。但明年 2023 年你講的「去年」，則是武漢肺炎奧米克戎（Omicron）變異株席捲全球、同時俄羅斯又大舉進攻烏克蘭的 2022 年。像是這樣會隨著你發話時間的不同，而所指示的時間也不同的時間，就叫做「相對時間」。相對時間不可加上「～に」。

・明日（× に／○∅）　一緒に　渋谷へ　行きませんか。

（明天要不要一起去澀谷呢？）

・来年（× に／○∅）　アメリカへ　旅行に　行きたいです。

（明年想去美國旅行。）

　　以上說明的，是要不要加上「に」的原則。但往往有原則，就會有例外！

有些詞，例如表達季節的「春、夏、秋、冬」，或者表達星期的「月曜日、火曜日…」，又或者是一天當中的時間，如「午前、午後、朝、昼、晚、夜…」等，這些詞彙則是加不加「〜に」都可以。

・月曜日（○に／○∅）　働きます。

（星期一工作。）

・夜（○に／○∅）　寝ます。

（晚上睡覺。）

Q28 「どこへ」與「どこかへ」有什麼不一樣？

- どこかへ／誰かと／何かを

- どこへも／誰とも／何も

　「どこ」、「誰（だれ）」、「何（なに／なん）」為疑問詞，分別用於詢問地方、人物以及物品。也就是說，使用了上述疑問詞的句子，就是「開放式問句」。（※ 註：「開放式問句」請參考 Q08）

　而若於這些疑問詞的後方，又加上了「か」，變成「どこか」、「誰か」、「何か」的時候，則用於詢問「有沒有（去某處／和某人做某事／做某動作）」。

- どこかへ　行きましたか。
（你有去了哪裡嗎？／你有出門嗎？）

- 誰かと　出かけましたか。
（你有和誰外出嗎？）

- 何かを　買いましたか。
（你有買什麼東西嗎？）

也就是說，使用「どこか」、「誰か」、「何か」等詢問的問句，會是「封閉式問句」，用於詢問「是不是」、「有沒有」。因此回答句會以「はい」或「いいえ」回覆。

此外，「どこかへ」當中的格助詞「へ」可以省略，但「誰かと」、「何かを」等其他助詞的情況不太會省略。

・A：昨日、 どこか（へ） 行きましたか。
  （你昨天有出去／有去了哪裡嗎？）

  B：はい、行きました。
  （有的，有出去。）

  A：どこへ 行きましたか。
  （你去了哪裡呢？）

  B：銀座へ 行きました。
  （我去了銀座。）

・A：明日、 誰かと 池袋へ 行きますか。
  （你明天有要和誰去池袋嗎？）

  B：はい、行きます。
  　　鈴木さんと 行きます。
  （有，有要去。要和鈴木先生去。）

・A：一昨日、 何かを 買いましたか。
  （你前天有買什麼東西嗎？）

  B：はい、買いました。
  　　クリスマスの プレゼントを 買いました。
  （有，有買。買了聖誕節的禮物。）

最後補充一點：於回答句時，會使用「も」來表達全面否定。「どこかへ」時，回答「どこへも」（「へ」亦可省略）；「誰かと」時，回答「誰とも」（「と」不可省略）；「何かを」時，回答「何も」（「を」必須省略）。

・Ａ：昨日、 どこか（へ） 行きましたか。

（你昨天有去了哪裡嗎？）

　Ｂ：いいえ。 どこ（へ）も 行きませんでした。

（沒有。我哪兒也沒去。）

・Ａ：一昨日、 誰かと 中野へ 行きましたか。

（你前天有和誰去中野嗎？）

　Ｂ：いいえ。 誰とも 中野へ 行きませんでした。

（沒有。我沒有和任何人去中野。）

・Ａ：先週、 何かを 買いましたか。

（你上個星期有買什麼東西嗎？）

　Ｂ：いいえ。 何をも 買いませんでした。

（有，有買。買了聖誕節的禮物。）

Q29 「日本語を勉強します」？
「日本語の勉強をします」？

・Nする

・Nをする

・NのNをする

　日文初學者學習到三類動詞「します」（サ行変格動詞）時，總是會很疑惑。到底讀書是「勉強します」還是「勉強をします」？

　其實會有這樣的兩種不同的表達方式，是因為動詞「します」亦可以與某些名詞複合成為另一個動詞。例如：「宿題を　します」亦可直接複合為「宿題します」來表達。

　像是這樣的例句，其他還有：

・運動を　します　　　→　運動します
・食事を　します　　　→　食事します
・散歩を　します　　　→　散歩します　…等。

　而這兩種表達方式有什麼不一樣呢？

　「Nを　します」為「對象（受詞／目的語）＋動詞」的結構，算是一個完整的句子；「Nします」則為複合動詞，屬於一個單字。

此外，若「Ｎします」前方又有個對象（受詞／目的語）時，一樣是以「～を　Ｎします」的結構表達。若是要將其還原為「Ｎをします」的結構，則必須將「～を」的部分改為「～の」，不可同時使用兩個「～を」，如：

・（○）日本語を　勉強します。
　　　（讀日文。）
　（○）日本語の　勉強を　します。
　　　（讀日文。）
　（×）日本語を　勉強を　します。

其他舉例如：

・車を　運転します。　→　車の　運転を　します。
（開車）

・部屋を　掃除します。　→　部屋の　掃除を　します。
（打掃房間）

・ホテルを　予約します。　→　ホテルの　予約を　します。
（預約飯店）

・ギターを　練習します。　→　ギターの　練習を　します。
（練習吉他）

最後補充一點：若動詞為無意志的動作，像是「どきどきする」（心撲通撲通跳）、「流行する」（流行）等，就比較不會使用「（？）どきどきを　する」、「（？）流行を　する」等表達方式喔。

Q30 「〜ませんか」與「〜ましょう」什麼時候用？

・建議

・邀約

・回應

　　初級班的學生常常「〜ませんか」與「〜ましょう」搞不清楚。這是因為這兩者之間都有「邀約」的用法。但其實「〜ませんか」跟「〜ましょう」的「邀約」用法，是使用於不同的情況喔！

　　首先，我們先來整理一下「〜ませんか」最主要的兩種用法：一為「建議對方做某事（對方的動作）」、一為「邀約對方一起做某事（兩人一起做動作）」。第二種用法經常會與副詞「一緒に」一起使用。

一、建議：

・A：明日、うちへ　来ませんか。
　　（明天你要不要來我家呢？）
　B：はい。　行きます。
　　（好啊。要去。）

・A：この　漫画を　読みませんか。　面白いですよ。

（你要不要讀這本漫畫？很有趣喔。）

　B：ありがとうございます。　読みます。

（好的，謝謝。我要讀。）

二、邀約：

・A：明日、（一緒に）　上野公園へ　行きませんか。

（明天要不要一起去上野公園呢？）

　B：明日は　ちょっと…。

（不好意思，明天不方便。）

・A：今晩、一緒に　ご飯を　食べませんか。

（今晚要不要一起吃個飯啊。）

　B：すみません、　今日は　ちょっと…。

（不好意思，今天不太方便。）

　接下來，我們來整理一下「〜ましょう」的主要兩種用法：一為「正面積極回應ませんか的邀約」、一為「邀約對方一起做某事（兩人一起做動作）」。

　一、正面積極回應「〜ませんか」的邀約：

・A：明日、（一緒に）　上野公園へ　行きませんか。

（明天要不要一起去上野公園呢？）

　B：ええ、（一緒に）　行きましょう。

（好啊，一起去吧！）

・Ａ：今晩、一緒に ご飯を 食べませんか。

（今晚要不要一起吃個飯啊。）

　Ｂ：はい。 一緒に 食べましょう。

（好啊，一起吃個飯吧。）

二、邀約：

・Ａ：じゃ、また 後で ロビーで 会いましょう。

（那麼，稍後在大廳見囉。）

　Ｂ：じゃ、また 後で。

（稍後見。）

・時間ですね。 行きましょう。

（時間差不多了。走吧！）

「～ましょう」的第二種用法「邀約」與「～ませんか」的第二種用法「邀約」，看起來意思相似，但使用的狀況不同。

兩者不同處在於：

「～ませんか」語感上有注重到聽話者的意願，強制性較弱。也因為強制性較弱，使用「～ませんか」詢問時，說話者若有做此動作的意願，則會使用明確的肯定「はい」或「ええ」來回應。若說話者沒有做此動作的意願，則亦可使用「ちょっと…。」等婉轉的方式拒絕。

而「～ましょう」則是多用於早已預訂好的計畫或者是長期定下來的習慣，因此語感上較無尊重到聽話者想不想做的意願，聽話

者較無選擇說不的權利，因此回應時，多會以重複「～ましょう」的方式來附和說話者，或者就不再回覆。

　因此，在學校時，當上課時間到了，老師對學生說「來上課吧」，由於上課本來就是預定好的事情（已排定的行程／課程），不容學生說不，這樣的語境，就不可使用「～ませんか」。

・では、授業を（○始めましょう／×始めませんか）。
（那麼，我們開始上課吧。）

Q31 「バス、まだいる？」原來巴士是有生命的？

- ・存在

- ・所在

- ・所有

- ・無情物用「いる」？

- ・有情物用「ある」？

　　當我們學習存在句「～には　～が　ある／いる」、所在句「～は　～に　ある／いる」、或是所有句「～（に）は　～が　ある／いる」時，老師一定有教導「無情物使用ある（あります）」，「有情物使用いる（います）」這一個規則。（※ 註：「存在句」、「所在句」、「所有句」的詳細解說請參考『穩紮穩打！新日本語能力試驗 N5 文法』第 08 單元。）

【存在句】

- ・教室には　机が　あります。　　　　　無情物

　（教室裡有桌子。）

- ・教室には　学生が　います。　　　　　有情物

　（教室裡有學生。）

【所在句】

- ・あなたの本は　机の上に　あります。　無情物

　（你的書在桌子上。）

- ・山田さんは　アメリカに　います。　　有情物

　（山田先生在美國。）

【所有句】

・私（に）は　車が　あります。　　　　　　　無情物

（我有車子。）

・私（に）は　息子が　います。　　　　　　　有情物

（我有兒子。）

但實際接觸日劇後，或者是實際在日本生活後，卻常常聽到「バス、まだいる？」（巴士還在嗎？），或是「私には妻があります」（我有老婆）這樣的講法。難道，在日本人的心中，巴士是活的？然後老婆是老公的附屬物品？這也也太大男人了吧！

一、無情物用「いる」的狀況：

首先，我們先來看看「バス、まだいる」這樣的講法。這句話原本的結構應該是「バスは　まだ　バス停に　ある／いる？」，其實就是詢問特定物品「公車」還存不存在於公車站的「所在句」。當然，正確的講法，是應該要使用「ある」才對。但說話者使用「いる」，心境上有兩種情況：一、就是公車會動。說話者把公車本身當作是會移動的有情物來看待。二、將巴士當作是有情物，是因為公車裡面有司機，而司機本來就有意思會移動。

・（水族館で）あっ、イカが　いる！

（啊！烏賊耶！）

・（魚屋で）イカ、ありますか。

（請問有沒有墨魚？）

125

同樣的邏輯，當你在水族館看到活生生、正在游泳的烏賊時，你會把它當作是有情物來看待，因此使用「いる」來描述；而當你在魚店要買魚回家吃時，你會把它當作是食物，也就是無情物，因此使用「ある」來詢問。

至於在水族館，為什麼「いる」的前面會加上「～が」，而在魚店，「ある」的前面卻不加上任何助詞？以及「バス」後面有加「～は」跟沒加「～は」又有什麼不一樣？這又是另一個不同層次的問題，這裡先別管它，等下一個 Q&A 再來思考吧！

二、有情物用「ある」的狀況：

接下來，我們來看看「私には妻があります」這句話。這樣的講法，最常出現在日劇中，當小三往男主角的身邊靠過去，正準備對他上下其手時，自制力堅強的男主角就會說：「やめてください。私には妻があります。」（別這樣，我有老婆了。）

這句話是的結構是「所有句」，用來表達某人擁有某物品或某人。因為老婆是有情物、活著的、而且也會動，因此無庸置疑，正確情況應該是使用「います」才對。

「妻がいます」在語感上，老婆就是個活生生的人，會動、會買菜、會打點家務、會照顧小孩、跟我之間有愛。但如果是講「妻があります」，則語感上只是在傳達「我擁有老婆」這樣的一個事實而已。用「ある」來講述老婆，並不是說男主角把老婆當物品，不把老婆當人看，而僅是說話者想要勸退小三，告訴小三自己是「已婚的狀態」這一個事實而已，因此才會下意識地使用擁有物品的「あります」而已，並非對女性的物化。

也就是說，在某些語境之下，要把所指的物品當作是有情物來看待，還是無情物來看待，端看個人的主觀以及使用的情況。

Q32 「バスはまだいる？」，這種情況加上「〜は」反而是怪日文？

・無助詞

・中立敘述與排他

・主題與對比

　　或許已經有同學發現了，上一個文法 Q&A 當中，說話者在說「バス、まだいる？」這一句話時，省略了助詞「〜は」。

・バス**は**　まだ　（バス停に）　いる？　　所在句
・（バス停に）　バス**が**　~~まだ~~　いる？　　存在句
・バス、　まだ　（バス停に）　いる？　　無助詞

　　雖說日文在口語時，常常會省略助詞，但所謂的省略，指的是「原本有，然後省略不講」。也就是說，如果這裡是省略「〜は」的話，照理說應該可以加回去，講成「バスはまだいる？」也可以才對。但在這個「說話者匆匆忙忙跑到公車站時，對著身邊的人詢問公車還在嗎」的語境，加回助詞「〜は」，反倒會變得非常奇怪。

　　那…它會是存在句，然後省略了「〜が」嗎？不是。因為這裡有「まだ」，因此可以判斷這並不是單純存在句「バス停に　バスがいる」的語境。 （※ 註：中立敘述用法，後詳。）

・田中さん、綺麗（きれい）ですね。

（田中小姐好漂亮喔）

同樣地，當你看到田中小姐今天精心打扮來到公司時，你會驚嘆地說出：「田中さん、綺麗ですね」。這樣的情況下，也是既不會講成「田中さんが綺麗ですね」，也不會講成「田中さんは綺麗ですね」。

上述兩句話，加「〜が」也不行，加「〜は」也奇怪，只能打上「、」逗號的情況（※註：有些文法書會使用「∅」來標示）。這樣的情況，就叫做「無助詞」！

一、為什麼不能加上「〜が」

先來說說這兩句話都不能加「〜が」的原因。一般來說，「〜が」有表「中立敘述」以及「排他」的兩種用法。所謂的「中立敘述」，指的就是用於「單純描述眼前所看到的現象」。例如單純描述看到桌上有書，或是單純看到那裡有一隻貓，就會講「机の上に　本があります」、「あっ、　あそこに　猫が　いる」。

至於「排他」，則是用於表達「不是其他的，而是…」的意思。例如：檢察官來你的公司查事情，然後就會問說「誰が　社長ですか」（誰是社長？）。這時，你就會講「私が　社長です」（我就是社長／不是別人，正是我！），而不會講「私は　社長です」。

也就是說「バス、まだいる？」以及「田中さん、綺麗ですね」這兩句話的語境，並不是上述那種排他的語境。那會是中立敘述嗎？似乎也不是。因為句中有「まだ」，因此這句話是在問你那班

巴士「還」在不在，而並非只是單純描述眼前看到了一台公車。而田中小姐的例子，也並不是你單純看到說那裡有一個美女。因此這兩句話，與其說是「中立敘述」，反倒這兩句話還比較像是「主題」的語境。

喔！老師，我懂了。這兩句話不是「排他」，又不是「中立敘述」，反而比較接近「主題」對吧！那就用表達主題的「～は」就對啦！

什麼？也不行用主題的「～は」？那到底要用什麼啦！就讓我們繼續看下去！

二、為什麼不能加上「～は」

「～は」有兩種用法：一為「主題」、一為「對比」。

我們在 Q01 與 Q02 講述了關於「主題」，也在 Q04 講述了關於對比。也就是說，如果要表達主題，那就使用「～は」！

既然我們前面說，「バス、まだいる？」與「田中さん、綺麗ですね」這兩句話當中的「バス」與「田中さん」，比較像是「主題」的語境，那就用「～は」就好啦？那為什麼反而這兩句話加上「～は」，講成「バスはまだいる？」與「田中さんは綺麗ですね」，日本人聽起來也會覺得怪怪的呢？

原因就在於「～は」所含有的「提示主題」的功能，力道過強。而且又因為「～は」本身又有「對比」的用法，因此才會在加上「～は」後，傳達給聽話者一種怪怪的感覺。

也就是說，當你講「バスはまだいる？」時，就會讓人感覺你的口氣似乎在說「火車走了我知道，但巴士還在不在？」這種與其他交通工具做對比的意涵在。「田中さんは綺麗ですね」也是，加上「～は」後，會帶有「跟其他女同事相比，田中小姐好漂亮啊」這種話中有話的感覺。

　　因此，像是這種「想要表達主題，但又不想用太強的主題提示口吻，而且又害怕不小心帶出對比意涵」的語境時，就會乾脆什麼助詞都不加，使用「無助詞」的形式來表達。

- （水族館<ruby>すいぞくかん</ruby>で）あっ、イカが　いる！

　　　　（啊！烏賊耶！）
- （魚屋<ruby>さかなや</ruby>で）　イカ、ありますか。

　　　　（請問有沒有墨魚？）

　　上個語法 Q&A 的這兩個例子也是。在水族館時，之所以會使用「～が」，就是因為說話者就只是單純敘述「有烏賊耶」這種眼前看到的景象而已，因此屬於「中立敘述」的用法。

　　至於在魚店，不使用「～は」，而使用「無助詞」的方式來提示主題，就是因為說話者並不想要帶出「其他的我不要，我要墨魚」或是「我知道其他的東西都賣完了，但墨魚還有沒有剩」的這種對比的口氣。

　　接下來，我們再來看看其他無助詞的情況。

三、為什麼不能加上「～を」

・これ ~~(を)~~ 、食べてください。
（這個給你吃。）

當我們買食物回辦公室，也想請同事吃一個時，就會講「これ、食べてください」。上述這個例句，省略的是「～を」而不是「～が」。

之前我們在 Q04 時也有學習到，能夠使用「～は」來主題化的部分，除了「～が」以外，「～を」、「～に」、「～で」…等補語（車廂），也都可以透過「～は」來將其主題化。雖說如此，但在上述的語境之下，如果你講「これを食べてください」或「これは食べてください」也會讓聽話者覺得怪怪的。

這是因為使用「～を」，語感上會太過於強調這是受詞，太過於強調「吃」這個動作所指向的對象。但上述的語境，與其說是「受詞」，還比較接近「主題」的概念。你拿一個東西要給同事吃時，這東西是主題。但如果使用「～は」來提示主題，到最後所造成的效果，就會跟「バスはまだいる？」與「田中さんは綺麗ですね」這兩句話一樣，又會帶出「你別的東西不要吃，但這個非吃不可」的對比的語感。因此，在同樣的邏輯下，這裡既不會使用表受詞的「～を」，也不會使用提示主題的「～は」，會採取中間路線，使用「無助詞」的情況來提示主題。

無助詞，算是一種微弱的提示主題，比起「～は」還弱，且又不致於造成含有對比意涵的一種表達方式。因此，無助詞並不是省略，而是有它自己獨特機能的一種表達方式。使用「～は」、還是用「～が／～を」，亦或什麼都不加的「無助詞」，三者使用的情

況與語感，可是截然不同的喔！

Q33 「ボールペンを2本ほん」？還是「2本ほんのボールペン」？

・數量詞的位置

「2本、2人、6回」等數量詞，究竟應該要擺在句子的哪個地方，總是困擾著初學者。大部分的教科書，一開始是教導「ボールペンを　2本　ください」、「外国人が　二人　います」等擺在動詞前方的描述方式。但其實數量詞除了可以擺在動詞的前方以外，也常常可以看到擺放在名詞的前方，以「數量詞の＋名詞」的形式的表達方式。

・ホテルの　ロビーには　外国人が（がいこくじん）　二人（ふたり）　います。
（飯店的大廳有兩位外國人。）

・ホテルの　ロビーには　二人の（ふたり）　外国人が（がいこくじん）　います。
（飯店的大廳有兩位外國人。）

上面兩句話，意思都是「飯店的大廳有兩位外國人」，語意是一樣的。

但依照使用的情況不同，「數量詞擺在動詞的前方」與「數量詞の＋名詞」語意上會有不一樣的狀況。例如：

・その　ボールペン　を　**2本**　ください。（※註）
（請給我那款原子筆兩隻。）

・その　**2本の　ボールペン**　を　ください。
（請給我那兩隻＜我指的＞原子筆。）

　　前者「その」修飾「ボールペン」，整句話的意思是「那個型號的」原子筆，請給我兩隻。並不特定是要哪兩隻。但後者「その」修飾的部分則是「2本の　ボールペン」，整句話的意思是「說話者想要的，就是說話者手指著的，特定的那兩隻原子筆」。

・昨日、リンゴを　**1000円**　買いました。（※註）
（昨天買蘋果買了 1000 日圓。）

・昨日、**1000円の　リンゴを**　買いました。
（昨天買了 1000 日圓的蘋果。）

　　上述兩個例句也是相同的邏輯：前句話，動詞「買います」的受詞（目的語）是「リンゴを」，因此在語感上偏向「買了許多蘋果，總價 1000 日圓」。後句話，動詞「買います」的受詞（目的語）則是「1000円の　リンゴを」，因此在語感上偏向「買了一顆 1000 日圓的蘋果」。

最後補充一點：

若數量詞前方的名詞，其助詞不是「～が」或「～を」，則不可替換為「數量詞の＋名詞」形式。

- （○）私は　アメリカへ　6回　行きました。（※註）

  （我去過六次美國。）

  （×）私は　6回の　アメリカへ　行きました。

※ 註：本 Q&A 中的例句，修飾成分畫底線，被修飾的部分畫框框。

Q34 講「～たいですか」會被揍？

· 人稱限制

· ～欲しがる／たがる

剛學日文不久的留學生，常常會帶著家鄉寄來的特產，拿去「孝敬」打工處的店長或分享給同事。然後對著店長說：「店長、これが（を）　食べたいですか」。

雖然學生是好意，想要讓日本人常常異國口味的食品，但卻常常因為這樣無心的一句話，會讓店長與同事感到「非常火大」，搞不好還會換來一頓罵！

日文中，若要表達第一人稱「想要某物品」，只要使用「私は～が　欲しいです」的表達方式即可。而若要表達第一人稱「想要做某行為／動作」，則只需將動詞的「～ます」去掉，改為「～たい（常體）／～たいです（敬體）」即可。若要表達否定「不想做某動作／行為」，則比照イ形容詞的變化：常體為「～たくない」，而其敬體有兩種表達方式，分別為「～たくないです」「～たくありません」。

・ご飯を　食べます。

→（肯定）ご飯（○を／○が）　食べたいです。

（否定）ご飯（○を／○が）　食べたくないです。

食べたくありません。

　　動詞之動作的對象（受詞／目的語）使用助詞「〜を」，亦可將「〜を」替換為「〜が」。但其他助詞則不可改為「〜が」。

・日本へ　行きます。

→（肯定）　日本（○へ／ ×が）　行きたいです。

（否定）　日本（○へ／ ×が）　行きたくないです。

行きたくありません。

　　但無論是「〜欲しい」還是「〜たい」，皆不可使用於第三人稱。若想講述第三人稱想要某物品或想做某行為／動作，就必須使用「〜を欲しがる」或「〜たがる」。

・子供は　いつも　他人の持っているおもちゃを　<u>欲しがる</u>。

（小孩子總是想要別人擁有的玩具。）

・太郎は　アメリカへ　留学に　<u>行きたがっている</u>。

（太郎想去美國留學。）

　　至於使用第二人稱，詢問他人的願望以及想要的物品時，基本上亦可以使用「〜たいですか」、「〜が欲しいですか」的方式詢問。

雖說第二人稱使用於疑問句，文法上並無錯誤，但其實它在語感上，會讓人感到唐突，尤其是當對方為老師或者上司等，更是顯得失禮。若不是關係非常親密或友人等平輩的關係，建議別使用「～たいですか」、「～が欲しいですか」的方式詢問對方的願望以及想要的物品，可以使用「～は　いかがですか」的方式詢問，較為得體。

・生徒：（？）先生、コーヒーを／が　飲みたいですか。
（老師你想喝咖啡嗎？）

（○）先生、コーヒーを／は　いかがですか。
（老師，要不要來杯咖啡呢？）

此外，其否定形「～たくないです／～たくありません」、「～が欲しくないです／欲しくありません」語感上也是強烈的否定，因此若使用於拒絕別人的邀約或建議，視情況可使用口氣更和緩的「～ちょっと…」，以拐彎抹角的方式婉拒，不直接拒絕。

・男：私と　結婚しましょう。
（跟我結婚吧。）

（回答方式1：強烈拒絕時的講法）

女：あなたが　大嫌いです。
あなたと　結婚したくないです／ありません。
（我最討厭你了。我才不想跟你結婚。）

（回答方式2：拐彎抹角拒絕時的講法）

女：あなたは　私の友達です。
（你是我的朋友。）

140

・友達：一緒に　飲みに　行きませんか。

　　　（要不要一起去喝一杯啊。）

　私：今日は　ちょっと…。

　　　（我今天有點不方便。）

Q35 副詞面面觀

・狀態副詞

・程度副詞

・陳述副詞

　　初級日文中，副詞的學習算是一個很重要的關卡。有別於「形容詞」專門用來修飾「名詞」，「副詞」則是用來修飾「動詞」與「形容詞」。而日文中，副詞除了用來修飾動詞與形容詞外，也有少部分的情況是可以修飾副詞，以及修飾某些表方向、場所、時間或數量的名詞喔。

　　換句話說，就是形容詞很專情，只愛名詞（只修飾名詞），而副詞卻很花心，誰都愛（既可以修飾動詞、形容詞，還可以修飾副詞跟部分名詞）！（※ 註：下例副詞部分畫底線，被副詞修飾的部分畫框框。）

・<u>すぐ</u> 行^いく。　　　　　副詞「すぐ」修飾動詞「行く」
　（馬上去。）

・<u>とても</u> 寒^{さむ}い。　　　　副詞「とても」修飾形容詞「寒い」
　（很冷。）

・<u>もっと</u> 早^{はや}く 言^いってよ。　副詞「もっと」修飾副詞「早く」
　（早點說啊！）

・ずっと　昔（むかし）の　こと。　　　　副詞「ずっと」修飾名詞「昔」
（很久以前的事。）

　　日文的副詞，依照不同的學者，有各家各派不同的分類。最常見的分類，就是將副詞分為「狀態副詞（情態副詞／樣態副詞）」、「程度副詞」、以及「陳述副詞（誘導副詞）」三種：

　　一、狀態副詞：

　　「狀態副詞」又稱作「情態副詞」或「樣態副詞」，主要用來修飾動詞，進而說明動作的樣態。例如：

・ゆっくり　食（た）べて　ください。
（請慢慢地吃。）

・もう　昼（ひる）ごはんを　食（た）べました。
（我已經吃午餐了。）　（「もう」表示狀態已經完成）

　　其他還有：「ゆっくり、のんびり、こっそり…等」，用來描述動作樣態的，這些都屬於狀態副詞。

　　「わんわん、ゲラゲラ」等擬聲語、「ざあざあ、ゴンゴン」等擬音語、「きらきら、ピカピカ」等擬態語、「ウロウロ、ぐんぐん」等擬容語、「イライラ、わくわく」等擬情語也都屬於狀態副詞。

二、程度副詞：

「程度副詞」除了可用來修飾動詞以外，亦可用來修飾形容詞、名詞或其它的副詞，用來表示其動作或狀態的程度。例如：

・昨日（きのう）は 大変（たいへん） 暑（あつ）かった です。
（昨天非常熱。）

・今日（きょう）は ちょっと 疲（つか）れた 。
（今天有一點累了。）

・彼女（かのじょ）は なかなか 美人（びじん）だ 。
（她相當漂亮。）

也就是說，程度副詞多半都是用來修飾具有程度性的詞語，例如「暑い（熱）」的程度，可以超熱（超暑い）非常熱（とても暑い）、有點熱（ちょっと暑い／少し暑い）、不怎麼熱（あまり暑くない）、完全不熱（全然暑くない）…等，具有程度性的詞彙。

三、陳述副詞：

「陳述副詞」又稱作「誘導副詞」。這一類的副詞，往往會與句尾述語部分的表現，有互相呼應的現象產生，所以常常需要一組一組地記憶。例如：

【たぶん～だろう】
・たぶん、彼（かれ）は 来（こ）ないだろう。
（他大概不會來了吧。）

【もしかすると～かもしれない】

・もしかすると、ハイキングは　<ruby>中止<rt>ちゅう し</rt></ruby>に　なるもしれません。

（搞不好郊遊活動會中止也說不定。）

【まるで～ようだ】

・このパンは　<ruby>硬<rt>かた</rt></ruby>くて、まるで　<ruby>石<rt>いし</rt></ruby>のようです。

（這個麵包很硬，就有如石頭一般。）

【決して～ない】

・TiN <ruby>先生<rt>せんせい</rt></ruby>が　<ruby>書<rt>か</rt></ruby>いた　<ruby>本<rt>ほん</rt></ruby>は、<ruby>決<rt>けっ</rt></ruby>して　<ruby>易<rt>やさ</rt></ruby>しく　ありませんが

<ruby>役<rt>やく</rt></ruby>に　<ruby>立<rt>た</rt></ruby>ちます。

（TiN 老師寫的書絕對不簡單，但非常有用。）

【もし～たら】

・もし、<ruby>雨<rt>あめ</rt></ruby>が　<ruby>降<rt>ふ</rt></ruby>ったら、<ruby>出<rt>で</rt></ruby>かけません。

（如果下雨了，就不出門。）

【全然～ない】

・この　<ruby>映画<rt>えい が</rt></ruby>は　<ruby>全然<rt>ぜんぜん</rt></ruby>　<ruby>面白<rt>おもしろ</rt></ruby>くないです。

（這個電影一點都不有趣。）

【なかなか～ない】

・<ruby>田舎<rt>いなか</rt></ruby>では、なかなか　<ruby>外国人<rt>がいこくじん</rt></ruby>と　<ruby>出会<rt>で あ</rt></ruby>えません。

（在鄉下很難遇到／認識到外國人。）

【ぜひ～たい】

・<ruby>夏休<rt>なつやす</rt></ruby>みに、ぜひ　そちらへ　<ruby>遊<rt>あそ</rt></ruby>びに　<ruby>行<rt>い</rt></ruby>きたいです。

（暑假我一定會去你那邊玩。）

【どうして～か】

・どうして　パーティーに　来なかったんですか。
（為什麼你沒來參加派對呢？）

　　了解陳述副詞與句尾的相互呼應，對於檢定考的重組題、文章文法或者閱讀測驗有相當大的幫助。

　　TiN 老師認為，對於台灣的日文學習者而言，副詞語意上的學習是最為困難的。建議各位在學習副詞時，不要光是背它的中文翻譯，務必連同例句一起學習，才能掌握其箇中奧妙喔。

Q36 「〜ながら」不簡單

- 「〜ながら」的文法限制

- 主要動作與次要動作

　　「〜ながら」的中文常常被翻譯為「一邊…一邊…」，用於兩個動作同時進行。看似很簡單的一個文法，但其實在課堂上請學生造句時，常常會有人造出「媽媽一邊做家事，爸爸一邊看電視」，或是「我一邊搭車，一邊讀書」這樣錯誤的例句：

① （×）母は家事をしながら、父はテレビを見ています。

② （×）電車に乗りながら、本を読みます。

　　上述使用中文「一邊…一邊…」的例句看似沒什麼問題，但換成日文「〜ながら」就變成了不合文法的句子。學習外語，最忌諱的就是像這樣，只用中文翻譯來記憶句型。

　　上述兩個日文例句不合文法，是因為「A ながら、B」有兩個文法限制：

　　第一：就是前後 A、B 兩句，一定得是同一個人的動作。因此像

是例①這樣，父母兩個人同時做不同的動作，就不可以使用「～な
がら」來表達。那，像是這種情況，要用哪個句型呢？建議可以換
一種描述方式，使用「～時」，或者「～て」。

・母が家事をしている時、父はテレビを見ています。
（媽媽做家事的時候，爸爸正在看電視。）

・母は家事をしていて、父はテレビを見ています。
（媽媽做家事，爸爸看電視。）

至於例句②為什麼不合文法，這就跟「～ながら」第二個限制有
關係了。「～ながら」第二個限制，就是前句（A 句），其動作一
定得是「持續性」的動作，不可為一瞬間的動作。

②（×）電車に乗りながら、本を読みます。

③（×）新宿へ行きながら、本を読みます。

例句②的「乗る」，或是例句③的「行く」屬於瞬間動作，因此
若想表達的是「去新宿的途中，在電車上讀書」的話，可以換一種
描述方式，例如：

・新宿へ行く電車の中で、本を読みます。
（在前往新宿的電車中讀書。）

最後補充一點。

常常有學生會問：「働きながら、大学で勉強します」與「大学
で勉強しながら、働きます」兩句話有什麼不一樣呢？這兩者之間

的不同，就在於哪個動作是主要動作。

　　一般而言，主要動作為後句 B 句，因為後句為主要子句，前句為從屬子句。

　　「働きながら、大学で勉強します」的主要動作為「勉強します」。意思是這個人本職是學生，但（因為經濟因素）不得不半工半讀。

　　而「大学で勉強しながら、働きます」的主要動作則是「働きます」。意思是這個人的本職是上班族（社會人士），為了進修而（可能於空閒時間）上大學或大學夜間部。

Q37　「そして」與「それから」能不能互換？

- 連續動作

- 列舉並列

在教初級日語時，最常被學生問到的問題之一，就是「そして」與「それから」有什麼不一樣。

「そして（然後）」與「それから（接著）」為接續詞。都是以「A 句。そして／それから、B 句。」的方式，來並列兩個句子的。而這兩個接續詞，感覺上有些情況可以互換，但很像有些情況又不能互換？

對的，究竟能不能互換，要看所使用的語境喔！

一、連續動作的語境

如果你是想要表達連續發生的兩件事情，也就是「連續動作（動詞）」時，這兩者是可以互相替換的。

・晩ご飯を食べました。

（○そして／○それから）勉強しました。

（吃了晚餐。然後讀了書。）

・Ａ：今度の日曜日、何をしますか。

　　（這個星期天，你要做什麼呢？）

　Ｂ：部屋の掃除をします。

　　（○そして／○それから）買い物に行きます。

　　（我要打掃房間。然後去買東西。）

・昨日、漫画を読みました。

（○そして／○それから）友達と映画を観ました。

（昨天看了漫畫。然後和朋友去看了電影。）

・昨日、銀座へ行きました。

（○そして／○それから）デパートで買い物をしました。

（昨天去了銀座。然後在百貨公司買了東西。）

　　但其實「それから」還有表達「追加」的功能。因此如果語境上，Ｂ句是屬於突然想到的，或是追加補充的，就不會使用「そして」，只能使用「それから」。

・リンゴを３つください。

　あっ、（×そして／○それから）バナナも２本ください。

（請給我三個蘋果。啊，然後也給我兩根香蕉。）

・授業を終わります。あっ、（×そして／○それから）
　明日の授業は午後１時からです。

（下課。啊，還有，明天的課是從下午一點開始。）

二、列舉並列的語境

　如果使用的語境不是上述一、的「連續動作（動詞）」，而是用於表達「列舉並列某人或某物的特徵（形容詞）」或是「列舉並列物品（名詞）」時，則「列舉並列某人或某物的特徵（形容詞）」僅可使用「そして」，但「列舉並列物品（名詞）」則是「そして」與「それから」都可以使用。

【列舉並列某人或某物的特徵（形容詞）】

・ルイさんはかっこいいです。
（○そして／×それから）頭_{あたま}がいいです。
（路易很帥。而且他腦袋很好。）

・大阪^{おおさか}は便利^{べんり}です。
（○そして／×それから）食^たべ物^{もの}が美味^{おい}しいです。
（大阪很方便。而且食物很好吃。）

・この部屋^{へや}は明^{あか}るいです。
（○そして／×それから）広^{ひろ}いです。
（這個房間很明亮。而且很寬敞。）

・林^{リン}さんはハンサムです。
（○そして／×それから）お金持^{かねも}ちです。
（林先生很英俊。而且他是有錢人。）

【列舉並列物品（名詞）】

・すみません、バナナとリンゴと（○そして／○それから）
スイカをください。
（不好意思，請給我香蕉、蘋果、以及西瓜。）

・教室には山田さん、鈴木さん、（○そして／○それから）、
春日さんがいました。
（教室裡面有山田先生、鈴木先生、然後還有春日先生。）

・私は日本語、英語、フランス語、（○そして／○それから）、
中国語もできます。
（我會日文、英文、法文、然後還會中文。）

　這是因為「列舉並列某人或某物的特徵（形容詞）」時，由於特
徵屬於同時展現出來的性質，因此不可使用「それから」。

　而「列舉並列事、物等（名詞）」時，由於是舉一、舉二再舉三
地列出不同物品，因此除了可使用「そして」以外，亦可使用含有
「追加」語意的「それから」。

Q38 「しかし」與「でも」傻傻分不清

・逆接

・邀約的語境

　除了上一個文法 Q&A 的「そして」與「それから」以外，還有另一組接續詞「しかし」與「でも」也常常讓初學者傻傻分不清。

　「しかし（但是）」與「でも（不過）」也是接續詞，因此一樣也是以「A 句。しかし／でも、B 句」的方式來並列兩個句子。

　不同於「そして」與「それから」的「添加、列舉」，「しかし」與「でも」是用來表達後句 B 句與前句 A 句所預測的結果相反的「逆接」。

　雖說兩者可以替換，但替換過後語感上會有些微的差異。

　「しかし」的語境為「單純敘述與前句的敘述或對方判斷相對立」；「でも」的語境則為「說話者承認 A 句這個事實，但說話者自己卻持不同的意見、判斷」。

・東京はとても便利です。

（○しかし／○でも）、家賃が高いです。

（東京很方便。但是房租很貴。）

・お姉さんは真面目です。

（○しかし／○でも）、妹は勉強が嫌いです。

（姊姊很認真。但妹妹討厭讀書。）

・この店の物は安いです。

（○しかし／○でも）、品質が悪いです。

（這間店的東西很便宜。不過品質很差。）

・あの果物屋さんの果物は、新鮮で安いです。

（○しかし／○でも）、家から遠いですから、私はいつも近く

のコンビニで買います。

（那間疏果店的水果很新鮮又便宜。但是它離我家很遠，所以我

　總是在附近的便利商店購買。）

最後補充一點：若使用於邀約的語境，則只可使用「でも」來回
答拒絕邀約，不可使用「しかし」。

・A：明日、一緒に買い物に行きませんか。

　　（明天要不要一起去買東西呢？）

　B：（×しかし／○でも）、私はお金がありません。

　　（可是我沒錢。）

157

Q39 「接續詞」與「接續助詞」有什麼不一樣？

- 接續詞

- 接續助詞

在 Q37 與 Q38，我們分別談到了「そして、それから」與「しかし、でも」這四個接續詞的用法。接續詞，顧名思義就是用來連接兩個句子的詞語。如「ですから／だから」：

① 今日（きょう）は在宅勤務（ざいたくきんむ）です。
　ですから、会社（かいしゃ）へ行（い）かなくてもいいです。
　（今天居家辦公。所以，不用去公司。）

例①這句話即是把「今日は在宅勤務です」與「会社へ行かなくてもいいです」兩個完整（含有句點）的句子串連在一起。如果我們把上面那句話改為以下的表達方式：

② 今日（きょう）は在宅勤務（ざいたくきんむ）**ですから**、会社（かいしゃ）へ行（い）かなくてもいいです。
　（因為今天居家辦公，所以不用去公司。）

例②這樣的情況，這個句子就屬於複句（Complex Sentence），前句「今日は在宅勤務ですから」為從屬子句，後句「会社へ行か

なくてもいいです」為主要子句。這裡的「ですから」就不是接續詞，而是「接續助詞」了。（※ 註：關於複句中的接續助詞，不屬於本篇討論的範圍。）

　　也就是說，「接續詞」的前後句子分別為獨立的句子，也就是兩個句子。而「接續助詞」則是只有一個句子，前方為從屬子句，後方為主要子句。

　　順帶一提：接續詞除了可以連接兩個完整的句子以外，有些接續詞也可以用來連接兩個名詞（組），例如：「または（或者）」。

　　・鉛筆、**または**　黒のボールペンで　書いてください。
　　（請用鉛筆或者是黑色原子筆書寫。）

　　「または」用來連接「鉛筆」這個名詞與「黒の　ボールペン」這個名詞組。

　　初級日文中，常見的「接續助詞」有：「〜て、〜たり、〜ながら、〜し、〜から、〜ので、〜が、〜けれど、〜のに、〜た、〜と、ば〜」…等。

　　至於有哪些常見的「接續詞」呢？就讓我們翻到下一頁，繼續看下去！

Q40　淺談接續詞

・接續詞的種類

・添加與累加的異同

　本 Q&A 延續上一個 Q&A 所學習到的「接續詞」。接續詞依照前後兩句之間的關係，除了有前兩篇介紹到的「添加」、「列舉」、「逆接」以外，還有其他什麼功能的接續詞嗎？

　依照語意上的分類，各家各派不同。常見的有下列幾種分類方式，以下各取一例舉例：

①並列：及_{およ}び（以及）、並_{なら}びに（和）、且_かつ（而且）…等。

・住民票_{じゅうみんひょう}の写_{うつ}し、**及_{およ}び**　マイナンバーカードの　コピーを
提出_{ていしゅつ}してください。

（請提出住民票的抄本／副本，以及個人編號卡的影本。）

②選擇：または（或者）、もしくは（或）、或_{ある}いは（或）…等。

・Ｅメール_{イー}、**または**　ファックスで、申請書_{しんせいしょ}を
提出_{ていしゅつ}してください。

（請使用電子郵件或者傳真的方式，提出申請書。）

③添加：そして（然後）…等。

・昨日、彼女と　映画を　観ました。

　そして、レストランで　食事を　しました。

（昨天和女朋友看了電影。然後在餐廳吃了飯。）

④累加：それに（而且）、しかも（並且）…等。

・彼は　お金持ちだし、**それに**、かっこいい。

（他是有錢人，而且，長得又帥。）

⑤換言：つまり（也就是說）、すなわち（即是）…等。

・給付金を　もらえるのは　子供だけです。

　つまり、あなたは　もらえません。

（能夠領取給付金的只有小孩。也就是說，你領不到。）

⑥列舉：まず（首先）、最初に（最初）、それから（然後）、
　最後に（最後）…等。

・**まず**、アプリを　開いてください。

　それから、設定を　タップしてください。

（首先，請點開 APP。然後，點選設定。）

⑦轉換：さて（那麼）、ところで（對了）、それより（比起那個）…等。

・美味<ruby>味<rt>おい</rt></ruby>しかった。ご<ruby>馳走様<rt>ち そうさま</rt></ruby>でした。**さて**、<ruby>帰<rt>かえ</rt></ruby>りましょう。
（好吃。多謝招待。那麼，我們回家吧。）

⑧順接確定條件：だから（所以）、それで（所以）、そこで（因此）…等。

・<ruby>政府<rt>せい ふ</rt></ruby>が　<ruby>お金<rt>かね</rt></ruby>を　ばらまいている。**だから**、<ruby>株価<rt>かぶ か</rt></ruby>が
<ruby>上<rt>あ</rt></ruby>がっている。
（政府在撒錢。所以，股價上漲。）

⑨順接假定條件：それなら（那樣的話）、それでは（如果那樣）…等。

・<ruby>妻<rt>つま</rt></ruby>：<ruby>今晩<rt>こんばん</rt></ruby>は　<ruby>焼肉<rt>やきにく</rt></ruby>よ。
　　（今天晚上吃烤肉喔。）
　<ruby>夫<rt>おっと</rt></ruby>：**それなら**、<ruby>早<rt>はや</rt></ruby>く　<ruby>帰<rt>かえ</rt></ruby>るよ。
　　（這樣啊，那我早點回家。）

⑩逆接：しかし（但是）、でも（可是）、だけど（但是）、それなのに（儘管）…等。

・<ruby>国民<rt>こくみん</rt></ruby>の　<ruby>90％<rt>パーセント</rt></ruby>が　コロナの　ワクチンを　<ruby>接種<rt>せっしゅ</rt></ruby>した。
しかし、<ruby>感染者数<rt>かんせんしゃすう</rt></ruby>が　<ruby>一向<rt>いっこう</rt></ruby>に　<ruby>減<rt>へ</rt></ruby>らない。
（國民90%都接種了武漢肺炎疫苗。但是，感染人數絲毫沒
有減少。）

上述的分類當中，「③添加」與「④累加」名字上看起來似乎一樣，但其實「添加」可用在前後兩個不同種類的事象，而「累加」則必須是前後兩句必須要有共同的特性。

・3時に　なった。

（○そして／×それに／×しかも）子供が　帰ってきた。

（三點了。然後小孩回來了。）

・雨が　降ってきた。

（○そして／○それに／○しかも）風も　強く　なった。

（下雨了。然後風也變強了。）

「三點到了」，跟「小孩子回來」這兩件事，算是不同種類的事象，因此可以使用表添加的「そして」，但不能使用表累加的「それに、しかも」。

「下雨」，與「風變強了」這兩件事，都是用來表示天氣不好這種共同的特性，因此可以使用表累加的「それに、しかも」。

Q41 「天気がいいから、散歩しましょう」 前後文體沒統一？

<ruby>天気<rt>てんき</rt></ruby>がいいから、<ruby>散歩<rt>さんぽ</rt></ruby>しましょう

- ・〜から
- ・〜ので
- ・〜し
- ・〜けど
- ・〜が
- ・〜のに

「天気がいいから、散歩しましょう」這一句話應該是日檢考生們共同的回憶。對！就是聽力測驗時，一開始的測試廣播。這一句話看似簡單，但是卻隱含著大學問。

曾經有同學問過我，說為什麼不是「天気がいいですから、散歩しましょう」呢？照理說，後句是敬體「散歩しましょう」，前句也應該是敬體「いいですから」呀！？

是誰跟你說「〜から」的前後句，文體必須統一的？其實我懷疑，搞不好日檢的考試機構就是為了要糾正學習者們這種似是而非的觀念，因此故意在聽力音檔時，埋了這個梗！

像是這種由兩個句子（前句＋後句）所構成的句子，句法上就稱作是「複句」。一般來說，一句話的常體或敬體，主要是顯現在後句的句尾。

有些複句的接續表現，如：「〜前に」、「〜後で」、「〜時」、「〜たり」、「〜ながら」等，這些句型的前句，由於都是固定的

形態，如：「動詞原形＋前に」、「動詞た形＋後で」、「動詞普通形＋時」、「動詞た形＋り」、「動詞連用形＋ながら」，它並不會有「動詞ます＋前に」、「動詞ました＋後で」、「動詞禮貌形＋時」、「動詞ました＋り」、「動詞まし＋ながら」等帶有敬體「ます」的形態，因此其前句並不會產生到底應該使用敬體還是使用常體的問題。

但某些從屬子句，如「〜から」、「〜ので」、「〜が」…等句型，其前句就有可能是常體，也有可能是敬體。有可能是「だから」也有可能是「ですから」。因此，像是這些表現，其前句跟後句的文體究竟需不需要統一，每個句型的規定都不太一樣。

這一篇，就讓我們針對初級常見的「〜から」、「〜ので」、「〜し」、「〜けど」、「〜が」與「〜のに」六個表現，分別來細看吧！

一、〜から：

「〜から」的後句是敬體時，前句可以使用敬體或常體。

（○）天気が いいです から、散歩 します 。
（○）天気が いい から、散歩 します 。
（天氣很好，所以去散步。）

「〜から」的後句是常體時，則前句只會使用常體。

（×）天気が いいです から、散歩 する 。
（○）天気が いい から、散歩 する 。
（天氣很好，所以去散步。）

二、～ので：

「～ので」的後句是敬體時，前句可以使用敬體或常體。

（○）頭が痛い ですので 、早退 します 。

（○）頭が痛い ので 、早退 します 。

（頭痛，所以早退。）

「～ので」的後句是常體時，則前句只會使用常體。

（×）頭が痛い ですので 、早退する。

（○）頭が痛い ので 、早退する。

（頭痛，所以早退。）

三、～し：

「～し」的後句是敬體時，前句可以使用敬體或常體。

（○）温泉にも入り ました し、美味しい料理も食べ ました 。

（○）温泉にも入 った し、美味しい料理も食べ ました 。

（溫泉也泡了，也吃了好吃的料理。）

「～し」的後句是常體時，則前句只會使用常體。

（×）温泉にも入り ました し、美味しい料理も食べ た 。

（○）温泉にも入 った し、美味しい料理も食べ た 。

（溫泉也泡了，也吃了好吃的料理。）

四、～けど（けれど）：

「～けど」的後句是敬體時，前句可以使用敬體或常體。

（○）あの先生は有名 です けど、教え方が下手 です 。
（○）あの先生は有名 だ けど、教え方が下手 です 。
　　（那位老師雖然有名，但教法很差。）

「～けど」的後句是常體時，則前句只會使用常體。

（×）あの先生は有名 です けど、教え方が下手 だ 。
（○）あの先生は有名 だ けど、教え方が下手 だ 。
　　（那位老師雖然有名，但教法很差。）

五、～が：

「～が」的後句是敬體時，則前句只會使用敬體。

（○）あの店のケーキは有名 です が、美味し くないです 。
（×）あの店のケーキは有名 だ が、美味し くないです 。
　　（那間店的蛋糕雖然有名，但是不好吃。）

「～が」的後句是常體時，則前句只會使用常體。

（×）あの店のケーキは有名 です が、美味し くない 。
（○）あの店のケーキは有名 だ が、美味しく ない 。
　　（那間店的蛋糕雖然有名，但是不好吃。）

也就是說，「～が」的前句與後句的敬體常體必須統一。

六、～のに：

「～のに」的後句無論是敬體還是常體，前句都只能使用常體。

（×）薬を飲みましたのに、熱は下がりませんでした。
（○）薬を飲んだのに、熱は下がりませんでした。
（明明就吃了藥，但是燒卻沒退。）

（×）薬を飲みましたのに、熱は下がらなかった。
（○）薬を飲んだのに、熱は下がらなかった。
（明明就吃了藥，但是燒卻沒退。）

　　經過上面冗長的整理，我們可以知道「～から」、「～ので」、「～し」與「～けど」，如果後句是使用敬體，則前句可以使用敬體以及常體。但如果後句是使用常體，則基本上前句一定也是常體，而不會是敬體。

　　至於「～が」則跟上述四個接續助詞不同，後句是敬體，前句就是敬體。後句是常體，前句就是常體。也就是前後句的文體必須統一。

　　「～のに」則無論後句是敬體還是常體，它的前句都一定得是常體，不能是敬體。除非少數使用到敬體尊敬語或謙讓語的語境時，才會有前句使用敬體的情況。

（○）せっかくお時間を いただきました のに、

　　　都合がつかず申し訳ござい ません 。

　　　（您都已經抽空給我了，但我卻排不出時間，

　　　真的很抱歉。）

（○）せっかくご依頼 くださいました のに、お役に立てず、

　　　誠に申し訳ございません。

　　　（您特意委託我，但我卻幫不上忙，真的很抱歉。）

Q42　對話中的敬體與常體會統一嗎？

- 敬體使用的對象與場合

- 常體使用的對象與場合

　　初學日文時，首先學到的是敬體對話，等學完各種動詞變化後，老師就會開始教導如何使用常體來進行對話。但相信很多看了日劇，或者是來到日本生活的同學，在實際接觸日本人的對話之後，就會發現，疑？怎麼覺得他們講話一下講敬體，講到一半又突然變成常體，然後似乎又會切換敬體，就這樣「敬體常體變變變」呢？

　　上一個 Q&A 當中，我們學到了複句當中，其從屬子句與主要子句之間，敬體與常體的問題。上一篇的「從屬子句＋主要子句」的構造，它充其量就只是一個單一的句子而已。這一篇，我們就將視角再拉寬一點，來看看整個對話（段落）中，好幾個句子之間，其敬體與常體之間的關係！

　　在對話當中，到底應該要使用敬體還是常體，取決於「你與說話對象的關係」或是「你說話的場合」。與老師、上司、客戶或針對不特定多數講話的場合時，就必須使用敬體；與同輩朋友、下屬、自己的家人，或在同輩群體中聊天的場合時，則會使用常體。

若是在應該使用敬體的場合當中使用常體，就會讓人聽起來覺得很粗魯、沒禮貌。

① （學生對老師說）：先生、明日のパーティーに<u>行く</u>？
（老師，你明天會去派對嗎？）

② （學生發表報告）：では、調査の結果を<u>発表する</u>。
資料の３ページを<u>見て</u>。
（接下來，發表調查的結果。
請看資料第三頁。）

上述第①句學生對著老師講話，若使用常體「行く」問老師要不要去派對，就會讓人感覺這個學生沒大沒小、很沒禮貌。而像第②句話這樣，對著大眾（即便都是自己的同學）發表時，若使用常體，就會讓人覺得你不知道在屌什麼，有一種上對下的囂張口吻。

反之，在應該使用常體的場合當中使用敬體，則會讓人聽起來感到你很冷淡、不熟、被當外人看。

③ （同學之間聊天）：駅前の新しいデパート<u>行きましたか</u>。
（你去了車站前新開的百貨公司了嗎？）

就有如上例③，同學之間的聊天，若是使用敬體，則這兩者之間多半是第一次見面，或者是隔壁班／隔壁校不熟的人才會使用敬體。若對話的兩人已經認識一陣子了，彼此也熟識了，則會使用常體交談。

④ （小孩對媽媽說）：風邪薬は<u>ありますか</u>。
（有感冒藥嗎？）

例句④，在現代家庭中，小孩對父母講話使用常體「風邪薬、ある？」即可。若使用敬體，感覺上會像是那種以家長為尊的封建家庭。

「在應該使用敬體講話的場合，就統一用敬體，在應該使用常體講話的場合，就統一用常體」。我想，應該大部分的同學都是堅守這樣的原則在和日本人對話的。但事實上，無論是看日劇也好，或者是實際與日本人講話也罷，很多實際上的對話，應該使用敬體對話的場合會參雜著常體使用，應該使用常體對話的場合也會參雜著敬體使用。像是這樣文體混搭，其實是說話者為了製造某種效果，而刻意使用不同文體講話的。

接下來的兩個 Q&A，我們就分別來看看兩則對話文，分別是「敬體對話中的常體」，以及「常體對話中的敬體」。

- 拉近雙方距離

- 說話者自言自語

店員：いらっしゃいませ。

（歡迎光臨。）

客　：ショルダーバッグってあります？

（請問有肩背包嗎？）

店員：こちらにございます。

（在這邊。）

客　：どれも可愛くて、① 迷うなあ。

（每個都好可愛，好猶豫喔。）

店員：お客様ご自身でお使いになるものでしょうか。

（是客人您自己要使用的嗎？）

客　：いいえ、母の誕生日プレゼントです。

（不，是要給我媽的生日禮物。）

店員：お母様は、② おいくつなのかな？

（令堂幾歲呢？）

客　：45 歳になります。

（要 45 歲了。）

店員：では、こちらの商品はいかかでしょうか。品があって
素敵ですよ。

（那這一個如何呢？很有氣質喔。）

　　對話中，選擇使用敬體或是常體，具有調節說話者與聽話者之間
距離的功能。與老師、客戶、不熟的人之所以使用敬體，就是因為
與這些對象之間有一層隔閡，因此必須採取說話語氣中帶有客氣含
義的敬體。與朋友、家人或者熟識打成一片的人說話時，之所以使
用常體，就是因為與這些對象之間沒有隔閡，不必使用帶有社交距
離以及客氣意涵的敬體，因此使用常體說話時，代表兩者之間的關
係較為親密。

　　當你剛認識一位新朋友時，他一定是使用敬體跟你說話，但過了
一段時間，兩人熟了，他就會開始對你使用常體說話。這並不是從
尊敬變成不敬，而是代表他已經認為兩人之間已經熟了，可以使用
常體講話了。也就是，他在潛意識當中，已經把你當朋友了，你應
該感到開心才是，而不是感到憤怒，覺得他沒禮貌。

　　上述在商店裡的對話中，店員與客戶之間的對話，原則上應該雙
方都使用敬體。店員對於客戶使用敬體就不用說了，客戶也應該對
店員使用敬體。因為兩人並非朋友，人與人之間的尊重以及客氣的
敬體是必須的。至於對話中，客人講「①迷うなあ」時，使用了常
體，是因為這一句話的發話並不是對著店員講的，而是自言自語在
表達自己的迷惘，因此不需使用給店員敬意的敬體。

　　而店員「②おいくつなのかな」這句話很明顯，是對著客人詢問
的。店員對於客人不使用敬體而使用常體，則是具有「拉近兩者之

間距離」的功能。在兩人都互不熟識的情況之下，突然問人家母親年齡這種較私密的話題時，可能會導致客人有抗拒感不好回答，因此店員刻意使用這種「類似朋友」口氣的問話方式，可以讓客人比較沒那麼抗拒，有卸下對方心防的功能。

　　從這個對話當中，我們從這個媽媽的年齡就可以稍微得知，這個客人的年紀大概就是 20 出頭歲的小女生。對於這樣的小女生客人，適時使用常體，具有拉近彼此之間距離的功能。但如果這位客人為比店員櫃姐年紀稍長的婦人，櫃姐這時若還是使用常體，反倒會讓人感到很唐突，想要裝熟的感覺。因此在敬體對話當中到底要不要轉換為常體，要看當時對話的情節以及說話的對象，並算計這是否能達到你想要達到的拉近兩者之間距離的功效。

Q44 常體對話中的敬體

・疏遠雙方距離

・貶低自身地位

夫：明日のパーティーのことなんだけど。

（關於明天的舞會啊。）

妻：何？

（怎樣？）

夫：僕とタンゴ踊ってくれない？

（能不能和我跳探戈？）

妻：嫌よ、あなたの上司も来るでしょ、恥ずかしい。

（我才不要，你的上司也會來對吧，好丟臉喔。）

夫：そんなこと言わないで、もうみんなに踊るって
　　約束したから。

（不要這麼說，我已經跟大家講說我們會跳了。）

妻：嫌と言ったら①嫌です。勝手にそんなこと約束して
　　こないでよ。

（我說不要就是不要。你不要隨便跟人家亂約定啦。）

夫：そこをなんとか②お願いしますよ。

（就拜託你了拉。）

妻：だから、タンゴは③踊りません！
（就跟你講，我不跳探戈！）

夫：④そうですか。わかりました。みんなに謝っておきます。
（是啊。瞭解了。我去跟大家道歉。）

夫妻兩人之間的對話，一般來說會使用常體，因為夫妻之間是沒有隔閡的。上述的對話中，老公很煩地要求老婆跟他一起跳探戈，這時老婆使用「①嫌と言ったら嫌です」、「③タンゴは踊りません」這種敬體的口吻，並不是在對老公展現出禮貌與敬意，而是想藉由使用敬體時的距離感，試圖將老公與自己之間的距離推開，帶有「老娘跟你不熟，老娘不爽」的口吻在。這就是為什麼有時候日劇裡演夫妻吵架，然後老婆吵著要回娘家時，會使用「実家に帰らせていただきます」（我要回娘家）這種非常尊敬的表現方式的緣故。

至於老公對老婆使用敬體「②お願いしますよ」，則是讓自己位居下位，帶有「跪求老婆」的感覺。

最後，老公乾脆直接改用敬體與老婆說話，說：「④そうですか。わかりました。みんなに謝っておきます」，則是因為老公一直被老婆拒絕，因此自己也使用敬體的口氣，來拉開兩者之間的距離，並帶有心灰意冷的語感，來展現對於老婆不幫忙的不滿。

對話中，敬體與常體的使用與切換，左右著說話時給予對方的感覺。看似簡單，但其實要運用自如並非那麼簡單。最好的方式就是多聽、多看、熟悉各種日文對話的場景，才不會讓你講出來的日文「每句話文法都對，但就是缺乏人間味」！

Q45 直接引用與間接引用

・文體

・語氣

・人稱代名詞

　助詞「～と」，與表達情報傳達的動詞（如：言います、聞きます、話します）一起使用，用於表達其傳達的「內容」。若要「引述、引用」他人講過的話，就是使用「～と　言います」的表達方式。

　而引用的方式，又可分為「直接引用」與「間接引用」。

　所謂的「直接引用」，就是直接將別人的話原封不動地引述，並在話語的前方後方加上「」引號。也由於是直接引用，因此引號的內部可為敬體，也可以是常體。當然，也可以加上「ね、よ」等，用來表達說話者口氣的終助詞。

・田中さんは　「明日、渋谷へ　行きますよ」と　言いました。
（田中先生說：「我明天要去澀谷喔」。）

・山本さんは　「わあ、このケーキ　美味しいですね」と　言いました。
（山本小姐說：「哇！這個蛋糕好好吃喔」。）

・鈴木さんは 「ここは とても 静かですね」と
言いました。
（鈴木先生說：「這裡好安靜喔」。）

・春日さんは 「私は 学生です」と 言いました。
（春日先生說：「我是學生」。）

而「間接引用」，則是以引用者的角度來描述一件事情。因此並不需在引用的話語前後方加上「」引號。引用的內容也必須改為常體，且不可將「ね、よ」等表口氣的終助詞引用進來。此外，由於間接引用是以「引用者」的角度來描述事情，因此人稱代名詞也必須修改成引用者的角度。

・田中さんは、明日 渋谷へ 行くと 言いました。
（田中先生說他明天要去澀谷。）

・山本さんは、このケーキは 美味しいと 言いました。
（山本小姐說這個蛋糕很好吃。）

・鈴木さんは、ここは とても 静かだと 言いました。
（鈴木先生說這裡很安靜。）

・春日さんは、自分は 学生だと 言いました。
（春日先生說他自己是學生。）

Q46 「〜てから」與「〜た後<ruby>後<rt>あと</rt></ruby>で」的異同

- ・〜てから

- ・〜た後で

- ・〜た後

　　「〜てから」的前方接續動詞て形，以「Ａてから、Ｂ」的型態來描述「先做Ａ這個動作，再做Ｂ這個動作」。此句型又與「〜た後で」的意思類似，很多情況也可以互相替換。

　　那兩個句型有什麼不同呢？它們除了前方接續的形態不同外，「〜てから」主要是聚焦於前項的動作（Ａ），語感上有「先做了Ａ再做Ｂ」、「說話者關心的是（Ａ）」的感覺。而「〜た後で」則是客觀敘述「做Ａ之後，做Ｂ」的順序。

　　①<ruby>明日<rt>あした</rt></ruby>、<ruby>市役所<rt>しやくしょ</rt></ruby>へ　<ruby>行<rt>い</rt></ruby>ってから、<ruby>買<rt>か</rt></ruby>い<ruby>物<rt>もの</rt></ruby>に　<ruby>行<rt>い</rt></ruby>きます。
　　（明天先去市公所，再去買東西。）

　　②<ruby>明日<rt>あした</rt></ruby>、<ruby>市役所<rt>しやくしょ</rt></ruby>へ　<ruby>行<rt>い</rt></ruby>った<ruby>後<rt>あと</rt></ruby>で、<ruby>買<rt>か</rt></ruby>い<ruby>物<rt>もの</rt></ruby>に　<ruby>行<rt>い</rt></ruby>きます。
　　（明天去市公所之後，再去買東西。）

　　上述使用「〜てから」與「〜た後で」都可以，只不過語感上會有差異。第①句主要強調「先去市公所」、「市公所比較重要，先

去」，第②句則是單純敘述前後關係。

　正因為如此，如果像是下面這種語境，說話者想要強調「先做 A 之後才要做 B」，就不太會使用「～た後で」。

・A：遅いですから、もう　寝ましょう。
　（已經很晚了，我們去睡覺吧。）
　B：歯を（○磨いてから／？磨いた後で）、寝ます。
　（我先刷牙，再去睡。）

　由於「～てから」有強調先做 A 的語感在，因此，如果你要表達「回家之後，睡覺」這樣單純描述你動作先後順序的狀況，很明顯地，B 動作「在房間睡覺」一定得在做完 A 動作「回家」之後才有辦法做。房間一定是在你家裡面，你沒先回家，怎麼能在房間睡覺呢？因此這樣的情況就不會特別使用聚焦 A 動作的「～てから」來強調先後。

・（？）昨日、家へ　帰ってから、部屋で　寝ました。
　（○）昨日、家へ　帰った後で、部屋で　寝ました。

　但像是下例這種「回家之後，吃飯」這種語境，B 動作「吃飯」並非一定得在做完 A 動作「回家」之後才能做。你想在外面吃外食也可以，因此這樣的情況，就可依需求使用「～てから」來強調「先回家」一事。

・（○）昨日、家へ　帰ってから、晩ご飯を　食べました。
　（○）昨日、家へ　帰った後で、晩ご飯を　食べました。

最後補充一點，「～てから」還有表達「持續狀態或變化之起點」的用法，表示「B 這樣的狀態，是從 A 就開始持續著的」，經常會配合副詞「ずっと」一起使用。中文可翻譯為「自從…就一直（保持這樣的狀態）」。這種用法亦可替換為「～後」，但此用法時不可加上「で」。

・彼は　家へ　帰ってから、ずっと　寝ています。
　彼は　家へ　帰った（〇後／×後で）、ずっと

　寝ています。

（他從一回家之後，就一直睡覺＜還沒醒＞。）

・日本に　来てから、ずっと　働いています。
　日本に　来た（〇後／×後で）、ずっと　働いています。
（我自從來了日本之後，就一直工作＜都沒休息＞。）

Q47 為什麼還沒吃飯，不是使用過去否定「食べませんでした」？

・過去

・完成

・副詞「もう」

　　動詞的「～た」形（常體）或者是「～ました」（敬體），在時制上屬於過去肯定。相信很多同學在初學日文時都是這樣學習的。

常體	時制・肯否	敬體
食べる	現在・肯定	食べます
食べない	現在・否定	食べません
食べた	過去・肯定	食べました
食べなかった	過去・否定	食べませんでした

　　因此當人家問你「昼ごはんを食べましたか」（吃飯沒）時，若是「吃了」，就使用過去肯定，來回答「はい、食べました」；若「還沒吃」，就使用過去否定「いいえ、食べませんでした」…疑？等等！很像不是這樣回的耶？

　　為什麼「還沒吃」，不是使用動詞的過去否定「ご飯を食べませんでした」呢？其實「～た／ました」，除了可以用來表達「過去」

的動作以外，亦有表達動作「完成」的用法。

前者「過去」，用於「單純述說過去發生過的事件，與現在無關」的情況。「昨日、ご飯を食べました（昨天吃了飯）」「昨日、ご飯を食べませんでした（昨天沒吃飯）」僅是單純述說昨天（過去）發生的事情，與今天你肚子餓不餓一點關聯都沒有。

至於「完成」，則是用於「過去所發生的事件，與現在有所關聯」的情況。例如：在吃飯時間，若你朋友問你「ご飯を食べましたか（吃飯了沒）」，是想向你確認「過去有沒有做吃飯這個動作，同時想知道你現在肚子是不是飽的，會不會餓」。如果你「過去」沒有做吃飯這個動作，他「現在」就可以邀你一起去吃飯，或煮飯給你吃之類的。這就是「過去所發生的事件，與現在有所關聯」的「完成」的用法。

也就是說，當人家問你說「昼ごはんを食べましたか（吃午餐了沒）」，同樣一句話，你下午一點時跟下午六點時的回答是不會一樣的。下午一點會使用「完成」的用法；而下午六點則會使用「過去」的用法。

下午一點，如果吃了，這就是你之前「完成」了吃午餐這個動作，以至於現在這個時刻肚子很飽。如果你之前沒吃，你現在這個時刻也還有機會將午餐補吃回來。下午一點才吃午餐並不奇怪。

但如果時間為下午六點，這時候就算你之前還沒吃午餐，你也已經來不及再補吃午餐了。再怎麼說，這個時間吃的也是晚餐，而不是午餐。因此如果這時候才提到午餐的話題，則會是使用「單純敘述過去發生的事件，與現在無關」之「過去」的用法。

最後，整理一下「完成」與「過去」的應答方式：

「完成」的用法，可以與副詞「もう」一起使用。若是尚未完成，則會使用「まだです」或者「まだ〜ていません」的表達方式。

・Ａ：（午後１時ごろに）昼ごはんを　食べましたか。

（下午一點。你吃中餐了嗎？）

Ｂ：○ はい、食べました。（是的，吃了。）

○ はい、もう　食べました。（是的，已經吃了。）

× いいえ、食べませんでした。

○ いいえ、まだ　食べていません。（不，還沒吃。）

「過去」的用法，則不能與副詞「もう」一起使用。過去沒有做某動作，並不是使用「まだ」來回答，而是直接使用過去否定「〜ませんでした」。

・Ａ：（午後６時ごろに）昼ごはんを　食べましたか。

（下午六點。你有吃中餐嗎？）

Ｂ：○ はい、食べました。（有，吃了。）

× はい、もう　食べました。

○ いいえ、食べませんでした。（不，沒有吃。）

× いいえ、まだ　食べていません。

Q48 誰說「～た」形只能表「過去」或「完成」？

さあ、買った、買った！
美味しいよ！

・催促

日本有一部家喻戶曉的長壽卡通：「サザエさん（海螺小姐）」，從 1969 年開播至今已經 50 餘年。內容主要描述日本大家庭時代的生活瑣事、鄰里關係等。最有趣的是，節目每年都會隨著季節的轉變，卡通內容也會隨著同步進行，如：過年、女兒節、情人節、賞花、夏天暑假…等。彷彿劇中的磯野一家就是你的左鄰右舍一般。

我非常推薦這部卡通給來日本留學的留學生觀看，它除了可以讓你學習到許多日常生活會話以外，亦可透過這部卡通了解到許多日本文化層面的議題。

劇中常見的一幕，就是主角海螺小姐經過商店街時，魚攤的老闆總是對著海螺小姐叫賣著：「さあ、買った、買った！美味しいよ！」（買了！買了！好吃喔）

怪了？老闆叫賣時，海螺小姐又還沒買，怎麼會是使用「買った」呢？這究竟是表「過去」，還是表「完成」呢？其實都不是！

日文的動詞「～た」，除了可以用來表達上個Q&A學到的「過去」與「完成」以外，亦可以表示「催促」！

　　上述例句中，魚店老闆叫賣時，所喊的「さあ、買った、買った！」，並不是表示海螺小姐已經買了魚，而是魚店老闆用於「催促」顧客快點購買的一種表達方式。

　　這樣的用法，除了常見於商店叫賣以外，也經常出現於長輩對於晚輩的命令。

・こらっ！ここで　遊ぶな！帰った、帰った！
（喂！不要在這裡玩，走開走開／快回去！）

　　動畫「ドラえもん（多拉Ａ夢／小叮噹）」當中，大雄他們總是喜歡一群人在空地嬉鬧、打棒球。常常吵到住在隔壁的「神成さん（神成／雷公先生）」。這時神成先生就會很生氣地大發雷霆，嚷嚷著「帰った！帰った！」來叫這些死小鬼滾蛋。

・来てくれたんだね。外は　寒いから、さあ、入った、入った！
（你來啦！外面很冷，來，快進來！）

　　當然，並不是所有「催促」用法的「～た」，都用在叫賣或罵人的語境。像上例這種晚輩來訪，長輩叫他快點進來，別著涼了的歡迎語境，也是可以使用表催促的「～た」。而這種用法也經常會重複兩次動詞，來加強「催促」的口氣。

Q49 明明錢包現在就在眼前，為什麼講「あった」？

・發現

　　接下來，我們繼續來看看卡通海螺小姐當中，其他常見的生活場景。

・あっ、**あった**！マスオ兄さんの　財布が　ここに　**あった**！
（啊，找到了。鱒男哥哥的錢包在這裡。）

・あっ、猫の　タマが　こたつの　中に　**いた**！
（啊，貓咪小玉在暖爐桌子裡面。）

　　鱒男哥哥（マスオさん）是海螺小姐的老公，為人憨厚，但有時迷糊。當他忘記錢包放在哪裡時，總是出動全家大小幫他找錢包。當家裡的其他小朋友找到時，就會講「ここにあった」。

　　小玉（タマ）是海螺小姐家裡所飼養的白色貓咪，經常跑到隔壁家裡或者屋頂玩耍。而有時則是躲在「炬燵（暖爐桌子）」裡面取暖。當家裡的人尋找小貓，發現她原來躲在暖爐桌裡面時，就會講「こたつの中にいた」。

「ある／あります」、「いる／います」兩個動詞為狀態性動詞，使用動詞原形或者動詞ます形時，表示物品或人、動物「現在」存在於某處。若要表達物品或人、動物「過去」存在於某處，當然就使用其過去式「あった／ありました」、「いた／いました」。

但如果使用的語境為<u>找尋某東西／某人、動物，然後發現了原來他／它在某處</u>時。雖然那個東西、人或動物「現在」仍然存在於那個位置，但這樣的語境下，仍然會使用「〜た」來強調「發現」的語氣。

・えっ？陳<ruby>チン</ruby>さんは　総<ruby>そうとう</ruby>統の　息<ruby>むすこ</ruby>子だったのか！
（什麼？原來小陳是總統的兒子啊！）

而如果是名詞的時候，「名詞だった／でした」則是可以表達「發現一個不知道的事實」。例如上例，如果有一天，你意外發現你的同事小陳，其真實身份原來是總統的兒子，你就會很驚訝地說「総統の息子だった」。

當然，這裡使用「だった／でした」並不是說他「以前」是總統的兒子，而「現在」因為被斷絕父子關係或者是 DNA 結構改變，變得已經不是總統的兒子了，而是用來表達你「發現」了一個事實的語氣。小陳他現在還是總統的兒子喔！

Q50

「明日は誕生日でした」，明天為什麼用過去式？

あっ！今日は　日曜日でした。

・想起

・あっ！今日は　日曜日でした。
（啊，對齁，今天是星期天！）

　　海螺小姐是個粗心大意、個性冒失的年輕女性。常常買東西不是忘了錢包，就是搞錯超市的特價日。好幾次要去區公所辦事，結果到了區公所發現人家今天沒開門服務，才想起來今天是星期天。這時她就會講「あっ！今日は日曜日でした」。

・そうだ！明日は　タラちゃんの　誕生日だった。
（對齁！明天是鱈男的生日。）

　　鱈男（タラオ／タラちゃん）是海螺小姐的兒子。而當她突然想起，明天是兒子鱈男的生日，但卻還沒買禮物，這時也會講「明日はタラちゃんの誕生日だった」。

　　明明「今天」就還沒過，卻講「日曜日でした」，明明生日是「明天」，卻講「誕生日だった」，這就是「想起」的用法。這種

用法多半是使用於名詞，且也多半也都會與「あっ！」或者是「そうだ！」等發語詞一起使用，來表示「想起」的語境。

①午後の　会議は　何時からですか。
（下午的會議是幾點開始呢？）

②午後の　会議は　何時からでしたか。
（下午的會議是幾點開始去了？）

　　至於上述兩句問句，第①句是使用我們一直以來學到的講法，使用「～ですか」，第②句則是使用到這裡所學習到的想起的「～た」。

　　第①句只是很單純的一句問句，單純只是「問話者真的不知道明天幾點開始開會，因此詢問對方什麼時候開始開會」。但第②句，則是「問話者原本知道什麼時候開會，只不過他忘記了，進而向對方詢問」的語境。

　　順道一提，像是第②句這樣的問句，也經常將表疑問的終助詞「か」改為「っけ」。

③午後の　会議は　何時からでしたっけ（敬體）？／
　　　　　　　　　　　　　　　だったっけ（常體）？
（下午的會議是幾點開始去了？）

　　總結Q48～Q50，「～た」除了可以表達「過去」、「完成」以外，還有「催促」、「發現」以及「想起」的用法喔！

Q51 淺談「自動詞」與「他動詞」

- 自動詞

- 他動詞

說到日文的自他動詞，應該是許多日語學習者的共同夢魘。對於台灣的學習者而言，很難搞懂什麼叫做自動詞，什麼叫做他動詞。這可能歸因於下面兩點：

一、由於中文是孤立語，動詞不會有形態上的變化，因此同一個動詞作為自動詞使用時與作為他動詞使用時，長得一模一樣。

例如：「我開門」這句話，這裡的動詞「開」，屬於他動詞，「門」則是這個他動詞的受詞。但如果是「電車的門開了」這句話，這裡的動詞「開」，則是屬於自動詞。因為句中並沒有受詞，「門」則是句子的主詞。

- 我　　開　　門。

  主詞　　動詞　　受詞

- 電車的門　　開了。

  主詞　　　　動詞

就有如上「我開門」與「電車的門開了」這兩句話,當作他動詞使用的「開」,與當作自動詞使用的「開」,長得一模一樣,因此對於中文母語者而言,很少意識到這兩者之間的區別。

二、日文的思考模式與中文截然不同。中文的動詞多為「人為去做某種行為」的描述方式導向,但日文則是「自然為本」的思考模式導向。因此日文裡使用自動詞的描述非常多。

例如:當我們觀看警匪片時,同一件事情,中文會習慣以「警察抓到了那個犯人」的方式來描述。以人(警察)去做某行為(抓犯人)的描述方式為主。但若這部片是日劇,則多半會使用自動詞「捕まる」,講成「あの犯人は捕まった」(那個犯人被捕了)這種以描述犯人遭到逮捕的樣態為主。雖然「警察は犯人を捕まえた」(警察抓到了犯人)這種使用他動詞「捕まえる」的句子也不是錯誤,但就描述的習慣以及比例上,日文還是較常使用前者的自動詞句。

接下來的 Q52 ~ Q54,就讓我們繼續來了解更多關於自動詞與他動詞的小知識吧!

Q52 兩種「自動詞」與兩種「他動詞」

- 人的動作
- 物的狀態
- 無對他動詞
- 有對他動詞

這一篇，我們就來簡單看一下「自動詞」與「他動詞」到底是什麼！

動詞又分成「自動詞（不及物動詞）」與「他動詞（及物動詞）」。

所謂的自動詞，指就是①「描述某人的動作，但沒有動作對象（受詞／目的語）」的動詞，又或者是②「描述某個事物狀態」的動詞。主要以「Ａが（は）　動詞」的句型呈現。

【自動詞①—某人的動作】

・私は　アメリカへ　行きます。
（我去美國。）

・弟は　外で　遊んで　います。
（弟弟正在外面玩耍。）

・父は　出張から　帰りました。
（爸爸出差回來了。）

・あそこに　座りましょう。（省略動作者「私たちは」）
（我們坐在那邊吧。）

・今日は　とても　疲れました。（省略動作者「私は」）
（今天累了。）

【自動詞②―某物的狀態】

・ドアが　開きます。　　　　　　　⇒開いています
（門開。⇒門開著的。）

・窓が　閉まります。　　　　　　　⇒閉まっています
（窗關。⇒窗關著的。）

・電気が　消えます。　　　　　　　⇒消えています
（燈暗。⇒燈沒亮暗著的。）

・車が　止まります。　　　　　　　⇒止まっています
（車停。⇒車停著的。）

・冷蔵庫に　牛乳が　入ります。　⇒入っています
（冰箱裡有牛奶在裡面。⇒冰箱裡有牛奶在裡面的狀態。）

※ 註：上述「自動詞②―某物的狀態」的例句中，「ドアが開きます」與「ドアが開いています」兩者之間的差異，為時制與動貌上的問題。前者為「尚未發生，近未來即將發生」，後者為「動詞發生過後的結果狀態」。這問題與本篇要討論的自他動詞無關，請讀者先忽略這一點，注意力不要被這個問題困擾。

所謂的他動詞，指的就是「描述某人的動作，且動作作用於某個對象（受詞／目的語）」的動詞。主要以主要以「Ａが（は）　Ｂを　動詞」的句型呈現。他動詞又可分成①「無對他動詞」與②「有對他動詞」。所謂的「無對他動詞」，就是沒有相對應的自動詞的一般他動詞。「有對他動詞」，則是與「描述某物狀態的自動詞」相對應的他動詞。

【他動詞①－無對他動詞】

・私は　ご飯を　食べました。
（我吃了飯。）

・今晩、友達と　映画を　観ます。　（省略動作者「私は」）
（今晚和朋友看電影。）

・今、フランス語を　勉強して　います。　（省略動作者「私は」）
（現在正在學法文。）

・父は、大学で　外国人に　日本語を　教えて　います。
（我爸爸在大學教外國人日文。）

・どうぞ、これを　使って　ください。　（省略動作者「あなた∅」）
（請，請使用這個。）

【他動詞②－有對他動詞】

・私は　ドアを　開けます。　　　　（他）開けます⇄（自）開きます
（我開門。）

・私は　窓を　閉めます。　　　　　（他）閉めます⇄（自）閉まります

（我關窗）

・姉は　電気を　消しました。　　　（他）消します⇄（自）消えます

（姊姊關掉電燈。）

・私は　車を　止めます。　　　　　（他）止めます⇄（自）止まります

（我停車。）

・冷蔵庫に　牛乳を　入れました。　（他）入れます⇄（自）入ります

（我把牛奶放進冰箱。）

　　在這裡，請各位觀察一下「他動詞②—有對他動詞」的例句，與「自動詞②—某物的狀態」的例句兩者有何不同。發現了嗎？兩者構成了所謂的「自他對應」。關於這個問題，我們將會在 Q53 當中探討喔。

　　最後補充一點：

　　並不是所有前方有「～を」的，就一定是他動詞喔。像是下例：

・弟は　家を　出ました。

（弟弟離開了家）

・父は　毎日　公園を　散歩します。

（爸爸每天在公園散步）

　　上述這些述語為離脫語意、移動語意動詞，且「～を」的部分使用了場所語意的名詞者，前者解釋為「離開的場所」，後者解釋為「移動的場域」。這些並非動作作用的受詞，因此上述兩者屬於「自動詞①—某人的動作」的用法。

Q53 有對他動詞的「自他對應」

- 原因與結果

- 對象不變化

- 自我完結型

- 自然現象

上一個文法 Q&A 的最後，我們學習到了「他動詞②─有對他動詞」。本書也在這些他動詞的後面，順便標註出與它相對應的自動詞。有沒有發現，這些有對他動詞，其相對應的自動詞，正好是「自動詞②─某物的狀態」中的動詞呢？

- 私は ドアを 開けます。（我開門。）
  ドアが 開きます。（門開啟。）

- 私は 窓を 閉めます。（我關窗。）
  窓が 閉まります。（窗關閉。）

- 姉は 部屋の 電気を 消しました。（姊姊關燈。）
  電気が 消えました。（燈熄掉了。）

- 私は 車を 止めます。（我停車。）
  車が 止まります。（車停止。）

- 私は　冷蔵庫に　牛乳を　入れました。（我把牛奶放進冰箱。）
  冷蔵庫に　牛乳が　入りました。（牛奶放在冰箱裡。）

對的！有對他動詞的目的語（受詞），正好會是其相對應自動詞的主語，兩者之間存在著因果關係。他動詞講述「原因」，而自動詞則描述「結果」。有對他動詞用來描述某人對某物施予動作，而這個物品在接受了這個動作後的結果，就以其相對應的自動詞來呈現。

例如：他動詞句「私は　ドアを　開けます」，為「我做開門這個動作」。這句話的重點在於描述某人去對「門」這個物品（受詞）施行了「開啟」這個動作，這個就是「因」。而其相對應的自動詞句「ドアが　開きました」所描述重點，則是在講述「門」這個物品在接受動作後，呈現了「開啟」的狀態，這個就是「果」。這就是有對他動詞與其相對應的自動詞之間的語意關係。

「他動詞②─有對他動詞」就是因為它有其相對應的自動詞，所以才叫做「有對他動詞」。如果是另一種他動詞「他動詞①─無對他動詞」，它就沒有可以相對應的自動詞了。看看下列的舉例就能明白。

- 私は　ご飯を　食べました。（我吃飯。）
  　　　　ご飯が　XXX（※註1）

- 今晩、友達と　映画を　観ます。（今晚和朋友看電影。）
  　　　　　　　映画が　XXX（※註2）

・今、 フランス語を 勉強しています。（現在正在讀法文。）
　　　フランス語が　ＸＸＸ（※ 註3）

※ 註1：無相對應的自動詞，頂多使用被動「食べられました」替代
※ 註2：無相對應的自動詞，頂多使用被動「観られます」替代
※ 註3：無相對應的自動詞，頂多使用被動「勉強されています」替代

　　上面例句中所使用的動詞，為「他動詞①—無對他動詞」。也就是說，這些動詞都沒有其相對應的自動詞。這是因為無對他動詞多半用於描述「某人對某物施行動作」而已，並不會引發對象產生變化，因此也不需要有個自動詞來描述這動作施行後的「結果」。

　　例如：你做了「看電影」這個動作之後，接受你眼睛「看」這個動作的電影，它並不會產生什麼變化。若還是硬想要描述受詞在接受了這個動作後的樣態，則可使用被動來描述。

　　看過了「他動詞②—有對他動詞」與「自動詞②—某物的狀態」之間的對應關係，又看過了「他動詞①—無對他動詞」，就只剩下「自動詞①—某人的動作」還沒解釋了。

　　那接下來，我們就來看看還沒解釋的「自動詞①—某人的動作」的例句吧！下列例句中所舉出的自動詞，並沒有相對應的他動詞。

・ＸＸ は 私を アメリカへ　ＸＸＸ（※註4）
　　　　　私が アメリカへ　行きます。（我去美國。）

・ＸＸ は 私を 外で　ＸＸＸ（※註5）
　　　　　弟が 外で　遊んでいます。（弟弟在外面玩。）

　　「自動詞①—某人的動作」這種「無對自動詞」，由於這些「人為的動作」，多半都是屬於自我完結型的動作，並不像是「門」這樣，必須藉由外力（他人）才能達到「開啟」的狀態變化。因此這些自動詞並不會有相對應的他動詞。

　　就像是上例中的「私が（は）　アメリカへ　行きます（我去美國）」，我自己就可以買機票搭飛機去，並不一定要他人做了什麼動作，才可以達到「我去美國」這個結果。若想要描述「我去美國」這個動作，是經由他人外力所影響所導致的，就會使用使役來描述。

　　最後，順道一提。有些用來表示自然狀態的自動詞，如「花が咲きます」、「星が出ます」：

・私は　　花を　　XXX （※註6）
　　　　　花が　　咲きます。

・私は　　星を　　XXX
　　　　　星が　　出ます。

※註6：無相對應的他動詞，頂多使用使役「咲かせます」替代

　　嚴格說來，這些動詞雖然也是屬於「自動詞②—某物的狀態」，但由於這些描述並不是人為引發其發生的，因此這些動詞並不會有相對應的他動詞來描述其「原因」。

也就是說，並不是「我做了什麼動作，例如施展魔法之類的，才導致花盛開的」。因此「花が咲きます」，並沒有其人為的原因，來引發這個結果，所以它沒有相對應的他動詞。除非你是在講童話故事裡，用粉灑向樹木就可以讓樹開花的開花爺爺，才可以勉強使用使役來代替其他動詞。

・お爺（じい）さんは 花（はな）を 咲（さ）かせました。（爺爺讓花盛開了。）
　　　　　　　 花（はな）が 咲（さ）きました。（花開了。）

　　星星的例子也是相同的道理。並不是「我做了什麼動作，例如把星星拿出來，才導致星星高掛於夜空當中的」。因此在描述「星が出ます」這種自然現象時，也不會使用其相對應的他動詞「出します」。除非你是在描述極為特殊的狀況，例如「神仙把星星弄出來」之類的，才會有下列因果關係的自他對應。

・神様（かみさま）は 星（ほし）を 出（だ）しました。（神明拿出星星。）
　　　　　　　 星（ほし）が 出（で）ました。（星星出現於空中。）

下表為各位整理了目前學到的自他動詞：

自動詞①—某人的動作	沒有相對應的他動詞。因為這些「人為的動作」，多半都是自我完結型的動作。 EX：私は　アメリカへ　行きます。 （※ 註：無相對應的他動詞時，可使用使役替代）
自動詞②—某物的狀態	有相對應的他動詞。與「他動詞②—有對他動詞」相對應，之間有因果關係。 EX：私は　ドアを　開けます。（因） 　　　ドアが　開きます。（果） 沒有相對應的他動詞。描述自然狀態的自動詞，並非人為引發的，因此不會有相對應的他動詞來描述其「原因」。 EX：花が　咲きます。 （※ 註：無相對應的他動詞時，可使用使役替代）
他動詞①—無對他動詞	沒有相對應的自動詞。因為這些動作，不會引發對象產生變化。 EX：私は　映画を　観ます。 （※ 註：無相對應的自動詞時，可使用被動替代）
他動詞②—有對他動詞	有相對應的自動詞。與「自動詞②—某物的狀態」相對應，之間有因果關係。 EX：私は　ドアを　開けます。（因） 　　　ドアが　開きます。（果）

Q54 是「〜が 終わります」還是「〜を 終わります」？

- 自他同形動詞

- 「漢語＋する」動詞

- 語意上的自他對應

學習初級日語時，在前幾課就會出現「終わります（終わる）」這個單字。意思是「結束」。最常出現的用法，應該就是講結束的時間點吧。

・授業は 午後３時に 終わります。

（課程下午三點結束。）

時間點使用助詞「〜に」，結束的主體「授業」則是使用表達主題的「〜は」。如果各位有好好研讀本書的前兩個 Q&A，就應該知道其實「〜は」的下面藏著「〜が」。也就是說，要表達「某事情結束」，其句型為「〜が 終わる」。換句話說，「終わる」就是個「自動詞」（因為它沒有使用表受詞／目的語的「〜を」）。

等等，那為什麼在日本語言學校上課時，下課前老師都會講「これで 授業を 終わります」（課程就到此結束）呢？抓包了！日本老師講錯助詞！！

並不是喔！這是因為日文當中，有些動詞本身就可以當作「自動詞」使用，也可以當作「他動詞」使用。換句話說，「終わる」這個動詞就是一個「自他兩用（自他同形）」的動詞。

- ・ 授業が　終わります。（自動詞）
- ・ 先生が 授業を　終わります。（他動詞）

　當我們講「授業が　終わります」的時候，就是把「終わります」這個動詞作為自動詞使用，用來描述「課程結束」一事，並無帶有任何人去結束課程的語感。

- ・授業が 終わりましたから、帰りました。
（因為課程結束了，所以我回家了。）

　而當老師講「授業を　終わります」的時候，就是把個動詞作為他動詞使用，用來描述「老師把課程結束掉／告一段落」，帶有老師去終結課程的涵義。

- ・これで 授業を 終わります。さて、来週の予定ですが…。
（那今天課程就上到這裡。關於下星期的預定是…。）

※ 註：日文中，另有一個表結束的他動詞「～を　終えます」。「授業を　終わります」用於「教師結束某課程」，「授業を　終えます」則是用於說話者「修畢某課程」。兩者用法不一樣。

　像是這樣，日文中有許多動詞同時可以作為自動詞使用，也可以作為他動詞使用。和語類的動詞較少自他同形的動詞，如：「～が／を　開く」、「～が／を　伴う」…等。絕大部分的自他同形動詞都是「漢語＋する」的動詞，如：「～が／を　決定する」、「～が／を　開店する」、「～が／を　完成する」、「～が／を　解

決する」…等。

- 　　　 新しい駅の名前が 　決定しました。
（新車站的名稱決定了。）
- 鉄道会社が 新しい駅の名前を 　決定しました。
（鐵路公司決定了新車站的名稱。）

自他同形的動詞多會是「漢語＋する」的原因，很有可能是因為漢語動詞源自於中文，而中文本身就是個自他對應不是很明顯的語言的緣故。

最後補充一點：

日文當中，有些動詞在形態上沒有自他對應，但在語意上卻有原因與結果的自他對應，如「する／なる」、「殺す／死ぬ」、「作る／できる」…等。

- 親が 娘を オリンピック選手に　する。（因）
（父母栽培女兒成為奧運選手。）
　　　娘が オリンピック選手に　なる。（果）
（女兒成為了奧運選手。）

- 彼が 大統領を 殺した。（因）
（他殺了總統。）
　　　大統領が 死んだ。（果）
（總統死了）

210

・サザエさんが ｜ケーキを｜ 作った。 （因）

（海螺小姐做了蛋糕。）

｜ケーキが｜ できた。 （果）

（蛋糕做好／完成了。）

連續三個 Q&A 都在討論自動詞與他動詞，這個令外國人學習者發瘋的主題終於結束了！大家對於自他動詞的概念有稍微清楚了嗎？

Q55 「作りたてのパンとモンブラン」，現做的是什麼？

- 逗號「、」與句子構造

- 語調

　　當我在編寫『穩紮穩打！新日本語能力試驗 N5 文法』時，曾在對話課文中，寫下了「作りたてのパンとモンブラン」（現做的麵包和蒙布朗），於是就被我們資深的日籍總編輯改為「作りたてのパンと、モンブラン」。對，就是在「パン（麵包）と」與「モンブラン（蒙布朗）」的中間加上了「、」逗點。雖然我馬上就反應過來總編輯的考量，但想說要在 N5 文法解釋這個，有點太困難，就乾脆把這個例句刪除，把問題留到本書再來討論。

　　有沒有逗點，究竟有什麼不一樣？如果只是「作りたてのパンとモンブラン」一句話，其實會有兩種不同的解釋：

① 作りたてのパン　と　モンブラン
② 作りたての　パンとモンブラン

　　很明顯地，①句當中的「作りたて」用來修飾「パン」，然後「モンブラン」是獨立的項目。也就是現做的只有麵包，蒙布朗一詞則是沒有任何修飾詞。

至於②，則是「パンとモンブラン」是一組的，而「作りたて」則是修飾了「パンとモンブラン」這一整組詞彙。也就是說，麵包與蒙布朗都是現做的。

　那在書寫上，要如何避免兩者混淆呢？很簡單，只要加上「、」逗點停頓一下即可。

　　①' 作りたてのパン と、 モンブラン
　　②' 作りたての、 パンとモンブラン

　就有如①'句，僅需在「と」的後方加上「、」逗點停頓一下，即可讓閱讀者知道「作りたてのパン」是一組，而「モンブラン」是獨立的一組。

　②'句亦然，僅需在「作りたての」的後方加上「、」逗點停頓一下，即可讓閱讀者知道「パンとモンブラン」是合再一起的一組，而「作りたての」則是用來修飾一整組「パンとモンブラン」。

　若不是以書寫的方式，而是在對話中，以聲音傳達出來的情況，則除了會在「、」逗點後方稍作停頓外，亦會在「、」逗點後面的第一個音，加強語調（intonation）。

　　①' 作りたてのパン と、 モンブラン
　　②' 作りたての、 パンとモンブラン

　接下來，來看一句以句子為單位的例子。「先週もらった財布をなくした」一句話，一樣可以有兩種解釋：

・<ruby>先週<rt>せんしゅう</rt></ruby>もらった<ruby>財布<rt>さいふ</rt></ruby>をなくした。

（上星期得到的錢包搞丟了。）

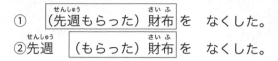

① <ruby>先週<rt>せんしゅう</rt></ruby>もらった（ ）<ruby>財布<rt>さいふ</rt></ruby> を　なくした。

②先週　（もらった）<ruby>財布<rt>さいふ</rt></ruby> を　なくした。

①為「先週」為修飾動詞「もらった」的副詞，然後「先週もらった」整句話做為一個形容詞子句，修飾「財布」。因此可以很明確地知道，①的情況，錢包是上個星期得到的，說話者已經使用了一個星期。然後可能在今天或近一、兩天才搞丟的。

②當中的「先週」為修飾最後方的動詞「なくした」的副詞，因此可以得知搞丟錢包的時間點是上個星期。而修飾錢包的動詞就只有「もらった」一詞而已，因此我們僅能得知，搞丟的錢包是別人送的，至於是什麼時候送的，就不得而知了。

①'　（先週もらった）<ruby>財布<rt>さいふ</rt></ruby> を　なくした。

②'　<ruby>先週<rt>せんしゅう</rt></ruby>、（もらった）<ruby>財布<rt>さいふ</rt></ruby> を　なくした。

與上述麵包和蒙布朗的例子一樣，如果想要避免誤會，可以於想要表達第②種情況時，在「先週」前方加上「、」逗號，來區隔開來，並在逗點後面前兩個音「もら」的地方加強語調（intonation），即可區別正常朗讀的第①種情況與第②種情況。

此外，會於逗點後面前兩個音「もら」加強語調（intonation），是因為有別於「パン」與「モンブラン」為一號音（高低重音落在第一音），「もらった」為二號音（高低重音落在第二音）的緣故。

Q56 順序是「～に ～を」還是「～を ～に」？

- 補語的順序

- 「～で」「～から」的位置

　　當我們要表達「我給小王一本書」的時候，中文的順序一定是以「我（主詞）給（動詞）小王（間接受詞／對方）一本書（直接受詞／移動物）」的順序來表達。上述的順序不可做任何更動，不會講成「我給一本書小王」，更不會講成「小王給我一本書」（與「我給小王一本書」語意不同）。中文若是隨意更動順序，會導致不知所云或者是意思改變。

　　但日文呢？上述一句話翻譯為日文就是「私が／は 王さんに 本を あげました」。你順序想要怎麼更動都可以，都不會導致不知所云或意思改變。要講成「私は 本を 王さんに あげました」也可以，講成「王さんに 本を 私は あげました」也通。甚至把直接受詞或間接受詞放在動詞的後面，意思都不會改變，如：「私は 本を あげました。王さんに」、「王さんに 本を あげましたよ。私は」…等。

- 私は　　　王さんに　本を　　　　　　あげました。
- 私は　　　本を　　　王さんに　　　　あげました。
- 王さんに　本を　　　私は　　　　　　あげました。

・私は　　　本を　　　　あげました。　　王さんに。
・王さんに　本を　　　　あげましたよ。　私は。

　　日文的順序會這麼地自由，就是因為日文中有「格助詞（〜が、
〜を、〜に、〜で…等）」的存在。「名詞＋格助詞」這樣的一個
成分，就稱之為補語（車廂）。補語的順序即使隨意調動，也不會
影響句子所要表達的意思。因為只要看名詞後方是哪個助詞，就可
以輕易判斷這個補語車廂（名詞＋助詞）究竟所代表的是句子的主
詞、是直接受詞、還是間接受詞。

　　雖這麼說，但難道日文都沒有一個準兒嗎？真的隨便我要怎麼調
動補語的順序都可以嗎？當然不是！調動順序，會導致語感稍微改
變。可能是為了強調某個補語（車廂），因此把它特地調到前方，
也有可能是因為修辭上的需要，才會調動順序。

　　接下來，我們先忽視表主題的「〜は」，來看看日文當中，「補
語」（車廂）的順序原本應該是怎樣的。（※ 註：因為表主題的「〜は」一定會移
至句首，請參考 Q02）

　　原則上，助詞的順序是以「〜が」、「〜に」、「〜を」的順序
為準：

・友達が、外国人に　日本語を　教えています。
（朋友在教外國人日文。）

・彼氏が　私の頬に　キスした。
（男朋友親了我的臉頰。）

・犬が　ご飯を　食べている。

（小狗正在吃飯。）

　　如果語意上有需要使用到表動作場所的「～で」或者表起點的「～から」，則「～で」及「～から」多半會放在「～が」的後方。

・友達が、日本語学校で　外国人に　日本語を
　教えています。

（朋友在日語語言學校教外國人日文。）

・翔太君が、向こうから　こちらに　走ってきた。

（翔太從對面那裡跑了過來。）

　　但如果動詞為「非意志動詞」的話，則上述的「～で」跟「～から」就習慣擺放在「～が」的前方。

・東京で　大きい地震が　起こった。

（東京發生了大地震。）

・誰もいない教室から、ピアノの音が　聞こえてきた。

（從沒有人的教室當中，傳來了鋼琴的聲音。）

Q57 移動動詞句與變化動詞句的補語順序

・移動動詞句

・變化動詞句

　上個 Q&A 提到的順序，是「原則」。既然有「原則」，就有「（與原則不同的）比較特殊的狀況」。

　大部分的初級日語的教科書，都會特別把表達「移動」或者是「變化」的動詞，以及表達「存在」的動詞「ある／いる」，另外特別成立一課來教導學習。原因就在於這些動詞的性質，以及其使用的助詞順序，跟一般的動詞有所不同的緣故。

　本項文法 Q&A 先來看看表「移動語意以及表變化語意的他動詞句」，下一個文法 Q&A 再來看「存在句」。

　雖說一般動詞句，其補語的順序以「〜が」、「〜に」、「〜を」的順序為準，但如果動詞是帶有「移動」語意的他動詞或是「變化」語意的他動詞（※註：因為自動詞不會有表受詞的「を」），則順序會習慣以「〜が」、「〜を」、「〜に」的方式排列。

・弟が テレビを 自分の部屋に 運んだ。（移動他動詞）
（弟弟把電視搬到自己的房間。）

・兄が 壁を 青に 塗り替えた。（變化他動詞）
（哥哥把牆壁塗成藍色的。）

　　只不過上述的「移動」的句子，即便改成「～が」、「～に」、「～を」的順序也沒差，但「變化」的句子則是不能改為「～が」、「～に」、「～を」的順序。

・（○）弟が 自分の部屋に テレビを 運んだ。（移動他動詞）
　　　（弟弟把電視搬到自己的房間。）

・（×）兄が 青に 壁を 塗り替えた。（變化他動詞）

　　而這種表「移動」或表「變化」的動詞，有時候依語境需求，會需要講出「移動的起點」或是「變化前的狀態」。這時表達「移動的起點」或是「變化前的狀態」的「～から」，則是會擺在「～を」的後方，「～に」的前方。

・弟が テレビを 居間から 自分の部屋に 運んだ。（移動他動詞）
（弟弟把電視從客廳搬到自己的房間。）

・兄が 壁を 白から 青に 塗り替えた。（變化他動詞）
（哥哥把牆壁從白色改塗成藍色的。）

　　若動詞是「移動語意的自動詞」（行く、来る、帰る…等），或是「變化語意的自動詞」（なる），則一樣是以「～が」、「～に」的順序呈現（※ 註：移動語意的自動詞「行く、来る、帰る」的助詞「～に」亦可改為「～へ」）。

・田中さんが　アメリカに／へ　行った。（移動自動詞）
（田中先生去了美國。）

・スミスさんが　社長に　なった。（變化自動詞）
（史密斯先生當上了社長。）

若語意上需要使用到表時間點的「～に」，或者共同動作者的「～と」，又或是交通工具的「～で」，則這些成分會放置在「～が」的後方，「～に（へ）」的前方。

原則上按照「主語が（は）　時間（に）　共同動作者と　交通工具で　方向へ　移動動詞」的順序排列。但若因語境需求，各個補語（名詞＋格助詞）的位置調動並不會影響句子的語意。以下四句意思皆相同，為「我明天和妹妹搭電車去東京」。

（標準順序）
・私は　明日　妹と　電車で　東京に／へ　行きます。

（其他順序）
・私は　明日　電車で　妹と　東京に／へ　行きます。
・私は　妹と　明日　電車で　東京に／へ　行きます。
・私は　電車で　妹と　明日　東京に／へ　行きます。

Q58 存在句的補語順序

・存在、所有、所在句

我們在 Q31 時，有學習到「存在句」、「所在句」以及「所有句」。

「存在句」的句型為「場所には　物或生命體が　ある／いる」，其順序與先前提到的基本順序「〜が　〜に　動詞」的排列不同。

存在句之所以會將「〜に」調到前方，是因為句子的重點在於表達「某場所存在著某物」，因此會先講出場所，以「〜に　〜が　ある／いる」的順序呈現。而這個句型會在「〜に」的後方又加上了「〜は」，則是將場所主題化的結果，因此學習時，才會以「〜には　〜が　ある／いる」的句型來練習。

・あそこに（は）　猫が　います。
（那裡有一隻貓。）

・部屋に（は）　テレビが　あります。
（房間裡面有電視。）

而「所有句」，用於表達某人擁有某物品。其順序則是以「某人（に）は　物或生命體が　ある／いる」。結構與存在句相同。擁有者「～（に）は」的部分放在句首，這是因為所有句主要想表達的重點就是「某人擁有某物」。所有句當中的「～に」也經常會被省略。

・私（に）は　車が　あります。

（我擁有車子。）

至於「所在句」，則是將「存在句」「場所には　物或生命體が　ある／いる」的「物或生命體」的部分改為「～は」當作是主題，因此主題部分會移至句首，因此才會以「物或生命體は　場所にある／いる」的方式呈現。由於主題的「～は」已經被「物或生命體」用掉了，因此「場所に」的地方，不會再加上表主題的「～は」。

・猫は　あそこに　います。

（貓咪在那裡。）

正是因為「移動」、「變化」動詞句與「存在」、「所在」、「所有」句的補語順序較為特殊，因此初級階段的教科書，會直接專門成立一課，以固定句型的方式來練習「移動」、「變化」、「存在」、「所在」、「所有」的表達方式。

Q59 是「塗油漆」還是「塗牆壁」？淺談「構文交替」

- 位置變化

- 狀態變化

前二個 Q&A 我們提到了表「移動」語意動詞，也提到了表「變化」語意的動詞。而「塗」這個動詞很特殊，無論是中文、英文，還是日文。我們會講「塗油漆」，也會講「塗牆壁」。日文也是可以講「ペンキを塗る」以及「壁を塗る」。

- 春日さんは　壁に　ペンキを　塗る。

  Mr. Kasuga smeared paint on the wall.

  （春日先生把油漆塗在牆壁上。）

- 春日さんは　ペンキで　壁を　塗る。

  Mr. Kasuga smeared the wall with paint.

  （春日先生用油漆塗牆壁。）

這兩種講法看起來是在講同一件事，但使用的句子構造不同。前者是將油漆當作是受詞（目的語），然後再使用助詞「〜に」，來表達牆壁為油漆的歸著點；後者則是將牆壁當作是受詞（目的語），然後再使用助詞「〜で」，來表達塗牆壁的工具為油漆。像這樣可

以使用兩種不同的句子結構，來描述（語意接近）的同一件事，就叫做「構文交替」。

　　會有上例這樣的構文交替的現象產生，（一般來說）其原因就出在「動詞」的語意。上例中的「塗る」以及「満たす、満ちる、散らかす、散らかる、飾る、溢れる…等」這些動詞的語意同時具備了「移動（位置變化）」的語意以及「狀態變化」的語意。

　　使用「～に　～を　塗る」，就是聚焦於其「移動（位置變化）」的側面。「ペンキを」為「移動物」，油漆移動至牆壁這個歸著點。

　　若使用「～で　～を　塗る」，則是聚焦於其「狀態變化」的側面。「壁を塗る」（塗牆壁）後，牆壁的狀態會改變（從一種顏色變成另一種顏色）。

- （×）壁<small>かべ</small>に　ペンキを　赤<small>あか</small>く　塗<small>ぬ</small>った。
- （○）ペンキで　壁<small>かべ</small>を　赤<small>あか</small>く　塗<small>ぬ</small>った。
  （用油漆把牆壁塗成紅色。）

　　正因為「～に　～を　塗る」聚焦於「移動」，因此使用「～に～を　塗る」構文時，不能加上表結果的顏色「赤く」。而後者「～で　～を　塗る」則是因為聚焦於「狀態變化」，因此「～で　～を　塗る」構文則是可以加上表變化結果的顏色「赤く」。

　　再舉另一個動詞「満たす（填滿／裝滿）」為例：

- グラスに　水<small>みず</small>を　満<small>み</small>たす。（把水裝滿到玻璃杯裡。）
  水<small>みず</small>で　グラスを　満<small>み</small>たす。（用水把玻璃杯填滿。）

上述「玻璃杯裝水」的兩例亦然。前者「～に　～を　満たす」聚焦於「移動（位置變化）」，水為移動物，玻璃杯為移動的歸著點。後者「～で　～を　満たす」則是聚焦於「狀態變化」，把玻璃杯從空的狀態使用水來填滿。

「満たす」這個動詞跟「塗る」一樣有兩個語意側面，一為「移動（位置變化）」，一為「狀態變化」，因此一樣會產生「構文交替」的現象。

但如果換個動詞，使用「注ぐ」呢？這個動詞就不能使用「～で　～を」構文了。

・（○）春日さんは　花瓶に　水を　注ぐ。
　（×）春日さんは　水で　花瓶を　注ぐ。

這是因為動詞「注ぐ（灌入／注入）」語意僅有聚焦於它的「移動（位置變化）」，水的位置進入了花瓶，而「注ぐ」這個動詞並沒有「狀態變化」語意的一面，因此不會使用「～で　～を　注ぐ」的講法。

當然，不只是上例的「塗る、満たす」等他動詞會有這種構文交替的現象，同時擁有「移動（位置變化）」以及「狀態變化」這兩種語意側面的自動詞也會有這種構文交替的現象，只不過因為是自動詞，所以並不是「～に　～を」與「～で　～を」的交替，而是「～に　～が」與「～で　～が」的交替。當然啦，自動詞沒有表目的語的「～を」啊。

下面就舉「満たす」自動詞「満ちる」以及「溢れる」為例：

・グラスに　水が　満ちている／溢れている。
（玻璃杯充滿了水。）
　水で　グラスが　満ちている／溢れている。
（玻璃杯因為水而滿出來了。）

最後補充一點：

　「壁に　ペンキを　塗る」與「壁を　ペンキで　塗る」的差異，除了「前者為聚焦移動，後者為聚焦狀態變化」這點以外，還有一項語意上的差異。就是「壁に　ペンキを　塗る」在語意上看不出來是「塗了一部分的牆壁（部分解釋）」還是「整片牆壁都塗滿（全體解釋）」，而「壁を　ペンキで　塗る」的語感則是偏向「整片牆壁都塗滿（全體解釋）」喔！

Q60　敬體、常體以外，還有「文章體」？

- です／ます体
- だ体
- である体

　　我們在 Q42 當中，學習了日文中的文體有「敬體」以及「常體」之分，同時也學習到了這兩種文體分別用於怎樣的場景。

　　日文的文體，主要呈現在句子最後面的述語部分。就有如 Q10 所學習到的，日文有「名詞述語句」、「形容詞述語句」以及「動詞述語句」三種，因此文體的型態也是在這些品詞的部分呈現。

　　接下來，我們藉由下列表格的例句，來看看「敬體句」以及「常體句」在表現上有何不同：

敬體句	常體句
東京へ行きます	東京へ行く
今日は暑いですね	今日は暑いね
スポーツが好きです	スポーツが好きだ
あの映画を観たいです	あの映画を観たい
赤ちゃんが寝ています	赤ちゃんが寝ている
留学したことがありません	留学したことがない

敬體又稱作是「です・ます体」。對話時，主要用於非親密朋友、互相不熟悉的同輩、或是第一次見面的人、又或是對上司、長輩說話時使用。除了平輩與長輩外，對不太熟悉的下級、晚輩，有時亦會使用敬體。書寫時，若為書信等需要對於閱讀者表達敬意的文章，亦會使用敬體。

・地球は惑星です。
（地球是行星。）

・台湾は中国の一部ではありません。
（台灣不是中國的一部分。）

・数千年前、ここは海でした。
（幾千年前，這裡曾經是海。）

・戦争はもうすぐ終わるでしょう。
（戰爭應該快要結束了吧。）

　常體又稱作是「だ体」。對話時，主要用於熟悉的朋友、同事、家人（包含父母等長輩）之間的會話。若對熟悉的朋友使用敬體，會給予對方一種疏遠的感覺。

・地球は惑星だ。
（地球是行星。）

・台湾は中国の一部では（じゃ）ない。
（台灣不是中國的一部分。）

・数千年前、ここは海だった。
（幾千年前，這裡曾經是海。）

・戦争はもうすぐ終わるだろう。
（戰爭應該快要結束了吧。）

　除了「敬體」與「常體」以外，還有另一種文體稱為「文章體」。文章體又稱作是「である体」，顧名思義，文章體專門用於文章書寫上，極少用於對話時。

・地球は惑星である。
（地球是行星。）

・台湾は中国の一部ではない。
（台灣不是中國的一部分。）

・数千年前、ここは海であった。
（幾千年前，這裡曾經是海。）

・戦争はもうすぐ終わるであろう。
（戰爭應該快要結束了吧。）

　文章體與常體在形態上的差別，就只有「名詞だ」以及「ナ形容詞的現在肯定以及現在否定」不同而已，動詞以及イ形容詞的文章體比照常體。也因此，有些教科書會把文章體也視為常體的一部分，即常體包含「だ体」與「である体」兩種。

　書寫時，除了上述提到的書信類會使用「敬體」以外，一般的文章都是使用「常體」或「文章體」書寫。一般來說：報紙、書籍、

小說、論說文以及私人寫的日記等，多使用「常體」書寫，而論文、學術報告等，則多使用「文章體」書寫。

	敬體 です・ます体	常體 だ体	文章體 である体
名詞	学生です 学生でした 学生では（じゃ）ありません 学生では（じゃ）ありませんでした	学生だ 学生だった 学生では（じゃ）ない 学生では（じゃ）なかった	学生である 学生であった 学生では~~（じゃ）~~ない 学生では~~（じゃ）~~なかった
ナ形容詞	便利です 便利でした 便利では（じゃ）ありません 便利では（じゃ）ありませんでした	便利だ 便利だった 便利では（じゃ）ない 便利では（じゃ）なかった	便利である 便利であった 便利では~~（じゃ）~~ない 便利では~~（じゃ）~~なかった
イ形容詞	大きいです 大きかったです 大きくないです 大きくなかったです	大きい 大きかった 大きくない 大きくなかった	大きい 大きかった 大きくない 大きくなかった
動詞	行きます 行きました 行きません 行きませんでした	行く 行った 行かない 行かなかった	行く 行った 行かない 行かなかった
其他	〜でしょう 〜のです	〜だろう 〜のだ	〜であろう 〜のである

最後，很感謝各位讀者不離不棄，讀到這裡還沒有將本書丟掉。相信看到這裡，你應該也瞭解了日文當中許多你本來以為很簡單，但其實學問還蠻深的一些日文文法問題。

本書就到此告一個段落了，接下來的附錄部分，整理了「〜が、〜を、〜に、〜で、〜は」這五個用法很多，又常常讓學習者搞不清的助詞，讓我們一起來複習一下吧！

附 錄

格助詞「～が」有哪些常見的用法？

①表「動作的主體」。用於單純描述說話者看到「第三人稱的某人做某動作（描述人）」。句尾會使用動詞。

・<ruby>赤<rt>あか</rt></ruby>ちゃんが <ruby>泣<rt>な</rt></ruby>いて いる。

（小孩在哭泣。）

②表「事物、自然現象的主體」。用於單純描述說話者看到或感覺到「某一個自然現象、或某事物的狀況（描述事物）」。句尾可使用動詞以及形容詞。

・<ruby>雨<rt>あめ</rt></ruby>が <ruby>降<rt>ふ</rt></ruby>って います。

（正在下雨。）

③表「存在的主體」。用於描述某場所存在著某人或某物品。以「～に ～が 動詞」的句型呈現。句尾多使用「ある、いる」等狀態性動詞。

・教室に　机が　あります。
（教室裡有桌子）

④表「排他」。用於強調「不是別的，而是／正是這個」。

・私が　田中です。
（＜不是別人，＞我就／才是田中。）

⑤表「疑問句的主語」。疑問詞時，疑問詞後方不可接續「～は」

・どれが　あなたの　本ですか。
（哪一本是你的書呢？）

⑥表「從屬子句中的主語」。形容詞子句（連體修飾句）或條件句等從屬度中等、高等的子句，主語必須使用「～が」。（※註：並非所有的子句，主語都使用「～が」。取決於從屬子句本身的從屬度。）

・彼女が　作った　料理は　まずいです。
（她做的料理很難吃。）

・あなたが　行けば、　私も　行きます。
（如果你去的話，我也去。）

⑦表大小主語句中的「小主語」。將「ＡのＢは」主語，Ａ或Ｂ的部分主題化之後的「ＡはＢが」，其大主語使用「～は」小主語使用「～が」。（※註：請參考本書 Q03）

・象は　鼻が　長いです。
（大象鼻子很長。）

⑧表「情感的對象」。使用形容詞「好きだ、嫌いだ」來表達喜歡或討厭等情感的對象時，主體（主語）使用助詞「～は」，而對象則使用助詞「～が」。

・私は　<u>あなたが</u>　好きです。
（我喜歡你。）

⑨表「能力的對象」。使用形容詞「上手だ、下手だ」來表達對於某事物擅長或不擅長時；或使用「わかる、できる、見える、聞こえる」等表能力或知覺語意的動詞時，主體（主語）使用助詞「～は」，而對象亦使用助詞「～が」。

・彼女は　<u>料理が</u>　下手です。
（她料理做得不好。）

・私は　<u>日本語が</u>　わかります。
（我懂日文。）

⑩表「所有的對象」。用於描述某人擁有某物品／或某人。擁有者使用「～は」或「～には」，擁有的對象物或對象人，則使用「～が」。句尾使用「ある、いる」兩個動詞。

・私は／には　<u>車が</u>　あります。
（我有車子。）

・彼は／には　<u>彼女が</u>　いません。
（他沒有女朋友。）

Q62　格助詞「〜を」有哪些常見的用法？

ごちそうさまでした。

①表「他動詞（及物動詞）動作的對象（受詞）」。

・私は　さっき　ご飯を　食べた。
（我剛剛吃了飯。）

②表「あげる、もらう、くれる」等授受動詞句中，「給出或得到的對象物品」。

・私は　春日さんに　本を　あげた。
（我給春日先生書。）

・私は　鈴木さんに　お土産を　もらった。
（我從鈴木先生那裡得到旅行伴手禮。）

・花子さんは　私に　クッキーを　くれた。
（花子給我餅乾。）

③表「移す、運ぶ」等移動語意他動詞中,「移動的對象物品」。

・兄は　金魚鉢を　居間から　自分の部屋に　移した。
（哥哥把金魚缸從客廳移到自己的房間。）

④表「（家を）建てる、（穴を）掘る、（お湯を）沸かす、（小説を）書く」等生產動詞中,「產出的對象物品」。例如例句中,煮沸的對象物應該是「水」,而「湯（熱水）」則是動作完畢後所生產出來的物品。

・お湯を　沸かす。
（煮熱水。）

⑤表「第三人稱主語之感情對象」。一般來說,表感情感覺的形容詞,如「欲しい、怖い」等,僅能用於一、二人稱（※註：請參考本書Q17）。若欲表達第三人稱之感情,必須使用助詞「〜を」,且於形容詞語幹後方接續「〜がる」。

・私は　新しい iPhone が　欲しい。
（我想要新的 iPhone。）
　彼は　新しい iPhone を　欲しがっている。
（他想要新的 iPhone。）

⑥表「離開的起點」。前方名詞為「場所」,後方動詞為「出る、離れる…」等含有離開語意的自動詞（不及物動詞）。

・昨日は　夜の　10 時に　会社を　出た。
（昨天晚上十點左右離開了公司。）

⑦表「經過、移動的場域」。前方的名詞為「空間、場所」，後方的動詞為「歩く、走る、通る、渡る、行く、来る、帰る…」等含有移動語意的自動詞（不及物動詞）。

・海を 渡って、 日本へ 来ました。
（遠渡重洋，來到了日本。）

⑧表「度過的時間」。前方的名詞為「一段期間」，後方的動詞為「過ごす、暮らす、生きる、送る…」等含有度過語意的動詞。

・ここで 一生を 過ごします。
（我要在此度過一輩子。）

Q63 格助詞「〜に」有哪些常見的用法？

昨日、先生に　会いました。

①表動作的「對方」。前方的名詞為「人」，後方的動詞為有方向性的動作，如「会う、触る、ぶつかる」（等接觸語意動詞）；或「話す、聞く、知らせる、教える、電話する」（等發話語意動詞）。

・昨日、先生に　会いました。
（昨天見了老師。）

・先生に　そのことを　話しました。
（我告訴老師那件事了。）

②表某物的「存在場所」。前方的名詞為「空間、場所」，後方的動詞為「ある、いる、存在する、ない」等表存在的少數幾個「靜態動作」的動詞。多會使用「〜に〜が　ある／いる」、「〜は〜に　ある／いる」的句型。

・机の　上に　本が　ある。
（桌上有書。）

③表某物的「出現場所」。前方的名詞為「空間、場所、人的身體內部或一部分」，後方的動詞為「咲く、生える、（子供が）できる、生まれる」等表某物於某內部空間無中生有、發生、出現語意的動詞。

・庭<ruby>庭<rt>にわ</rt></ruby>に　綺麗<ruby>綺麗<rt>きれい</rt></ruby>な　花<ruby>花<rt>はな</rt></ruby>が　咲<ruby>咲<rt>さ</rt></ruby>いた。
（庭院裡開了漂亮的花。）

④表「あげる、くれる」等授受動詞句中，「物品的接受者」。

・私<ruby>私<rt>わたし</rt></ruby>は　春日<ruby>春日<rt>かすが</rt></ruby>さんに　本<ruby>本<rt>ほん</rt></ruby>を　あげた。
（我給春日先生書。）

・花子<ruby>花子<rt>はなこ</rt></ruby>さんは　私<ruby>私<rt>わたし</rt></ruby>に　クッキーを　くれた。
（花子給我餅乾。）

⑤表授受動詞「もらう」句中，「物品的出處（給予者）」。

・私<ruby>私<rt>わたし</rt></ruby>は　鈴木<ruby>鈴木<rt>すずき</rt></ruby>さんに　お土産<ruby>土産<rt>みやげ</rt></ruby>を　もらった。
（我從鈴木先生那裡得到旅行伴手禮。）

⑥表「移す、運ぶ」等移動語意他動詞中，「移動物的歸著點」。

・兄<ruby>兄<rt>あに</rt></ruby>は　金魚鉢<ruby>金魚鉢<rt>きんぎょばち</rt></ruby>を　居間<ruby>居間<rt>いま</rt></ruby>から　自分<ruby>自分<rt>じぶん</rt></ruby>の部屋<ruby>部屋<rt>へや</rt></ruby>に　移<ruby>移<rt>うつ</rt></ruby>した。
（哥哥把金魚缸從客廳移到自己的房間。）

⑦表「変える、変わる、なる」等變化語意動詞中，「變化的結果」。

・信号(しんごう)が　青(あお)に　なった。
（紅綠燈變綠燈了。）

・魔法使(まほうつか)いは　王子(おうじ)を　カエルに　変(か)えた。
（魔法師把王子變成了青蛙。）

⑧表動作發生的「時間點」。後方的動詞為瞬間動作，如：「起きる、寝る、始まる、終わる」…等。

・毎朝(まいあさ)、　6時半(じはん)に　起(お)きます。
（每天早上6點半起床。）

⑨表在某段期間內，動作施行的「比例基準」。

・1日(にち)に　3回(かい)　ご飯(はん)を　食(た)べます。
（一天吃三次飯。）

⑩表比擬或距離近的「基準」。後方使用「似ている、等しい」等動詞或形容詞「近い」。

・彼(かれ)は　お父(とう)さんに　似(に)ています。
（他長得很像他爸爸。）

・うちは　駅(えき)に　近(ちか)いです。
（我家離車站很近。）

⑪表累加或添加時，物品或事物的「並列」。

・トマト**に**　人参**に**　ほうれん草を　ください。
（請給我番茄、蘿蔔和菠菜。）

・国語**に**数学**に**英語**に**理科、いろいろ勉強しなければならない。
（國語、數學、英文還有物理，要學習很多科目。）

⑫表「移動的目的」。前方名詞為「動作性語意」的名詞，如：
買い物、勉強、散歩…等，或是「動詞連用形（去掉ます後的型
態）」，如：食べ、遊び、見…等。後方的動詞為「行く、来る、帰る」
等移動語意的動詞。意思是「（去、來、或回來）等移動的目的，
是…」。

・明日、　デパートへ　買い物**に**　行きます。
（明天要去百貨公司買東西。）

⑬表「所有的主體」。後方的動詞為「ある、いる」。此用法的「〜
に」多會與「〜は」併用。

・私**には**　車が　あります。
（我有車子。）

・田中さん**には**　恋人が　いますか。
（田中先生有女朋友嗎？）

⑭表「能力的主體」。後方的動詞為「わかる、できる」或表可能、能力語意的動詞。

・あなたに　何が　わかるの？
（你懂屁啊！）

・俺に　できない　ことは　ない！
（沒有我辦不到的事！）

⑮表感情的「起因」。前方的名詞為起因，後方的動詞為「悩む、怒る、腹を立てる」等表感情的動詞。

・成績に　悩んでいる。
（我因成績而煩惱。）

Q64　格助詞「～で」有哪些常見的用法？

①表「動態動作」。前方的名詞為「空間、場所」，後方動的詞為「動作性動詞」。

・子供<small>こども</small>たちが　公園<small>こうえん</small>で　遊<small>あそ</small>んで　いる。
（小孩們在公園玩耍。）

②表「內容物」。用於表達某空間（主語部分）「充滿」了此物品。後方使用「いっぱいだ」，或「満たす／満たされる、溢れる」等表示「充滿、溢出」等詞彙。

・スーパーは　買<small>か</small>い物<small>ものきゃく</small>客で　いっぱいです。
（超市滿是買東西的客人。）

③表「交通工具」。前方的名詞為「交通工具」，後方的動詞為「行く、来る、帰る」等移動語意的動詞。

・私<small>わたし</small>は　明日<small>あした</small>、　電車<small>でんしゃ</small>で　東京<small>とうきょう</small>へ　行<small>い</small>きます。
（我明天要搭電車去東京。）

④表「道具、方法」。前方的名詞為「工具、道具或方法」，後方動詞為「動作性動詞」。

・私は　いつも　お箸で　ピザを　食べます。
（我總是用筷子吃披薩。）

・昨日、　日本語で　手紙を　書きました。
（昨天用日文寫了信。）

⑤表「領域範圍」。當我們要詢問一個特定範疇內（三事物以上）的比較時，可使用「〜（の中）で　疑問詞が　一番　形容詞」的形式，來詢問這裡面，哪個最為優、劣、大、小、長、短、多、寡⋯等。

・スポーツで　何が　一番　好きですか。
（運動當中，你最喜歡什麼呢？）

⑥表「總量」。以「數量詞＋で」的形式，來表達「總共」。

・1つ　1000円です。　5つで　5000円です。
（一個一千元。五個總共五千元。）

⑦表「材料」。前方的名詞為可作為「材料」的名詞，後方的動詞為「折る、作る」等表生產、生成語意的動詞。

・紙で　鶴を　折る。
（用紙來摺紙鶴。）

⑧表變化的「原因」。

・台風<ruby>風<rt>たいふう</rt></ruby>で　電車<ruby><rt>でんしゃ</rt></ruby>が　止<ruby><rt>と</rt></ruby>まりました。

（因為颱風，電車停駛了。）

⑨表行動的「理由」。

・風邪<ruby><rt>かぜ</rt></ruby>で　学校<ruby><rt>がっこう</rt></ruby>を　休<ruby><rt>やす</rt></ruby>んだ。

（因為感冒，所以沒去上學。）

⑩表感情的「起因」。前方的名詞多為「一件事」，後方的動詞為「悩む、怒る、腹を立てる」等表感情的動詞。

・（○）成績<ruby><rt>せいせき</rt></ruby>のことで／（×）で　悩<ruby><rt>なや</rt></ruby>んでいる。

（我因成績而煩惱。）

⑪表動作的「目的」。

・観光<ruby><rt>かんこう</rt></ruby>で　京都<ruby><rt>きょうと</rt></ruby>に　来<ruby><rt>き</rt></ruby>た。

（我來京都觀光。）

⑫表動作的「主體」。前方名詞為「複數成員所構成的團體、組織」（不可為單一個人）。

・その件<ruby><rt>けん</rt></ruby>は、　私<ruby><rt>わたし</rt></ruby>と　田中<ruby><rt>たなか</rt></ruby>で　やって　おきます。

（那件事的話，就由我跟田中來做吧。）

Q65

副助詞「～は」有哪些常見的用法？

①表「主題」。（※ 註：請參考本書 Q01~Q02）

・私は 春日です。
（我是春日。）

②表「對比」。（※ 註：請參考本書 Q04）

・明日、 働きます。 明後日は 働きません。
（明天工作。後天則不工作。）

③表大小主語句中的「大主語」。將「AのBは」主語，A或B
的部分主題化之後的「AはBが」，其大主語使用「～は」小主語
使用「～が」。（※ 註：請參考本書 Q03）

・象は 鼻が 長いです。
（大象鼻子很長。）

④表「數量少」。此用法前方為數量詞，為說話者認為「至少」的數量。

・目白の　3LDKの　マンションは、　１億円は
　するでしょう。

（目白的三房華廈至少也要一億日圓吧。）

⑤強調形容詞的否定。此用法的「～は」，放置於イ形容詞語幹與「ない」之間，用於表達說話者認為「一點也不」的否定強調語氣。

・今日は　ちっとも　寒くは　ない。

（今天一點兒也不冷。）

⑥強調做了某動作，「只不過…（與說話者的預期相反）」的口氣。此用法的「は」，放置於補助動詞「～てみる、～ている、～てある、～ていく、～てくる、～ておく」等「～て」的後方，用於表達說話者做了某動作，但卻與期待相反的口氣。

・この　ズボン、　履いては　みたが、　小さかった。

（這個褲子我試穿了，但太小了。）

・冷蔵庫に　牛乳は　入っては　いますが、　賞味期限切れ
　です。

（冷凍庫裡面是有牛奶啦，但是過期了。）

語學 - 02

你以為簡單,
但其實不簡單的日語文法 Q&A

編　　　著	目白 JFL 教育研究会	
代　　　表	TiN	
排 版 設 計	想閱文化有限公司	
總 編 輯	田嶋 惠里花	
發 行 人	陳郁屏	
插　　　圖	想閱文化有限公司	
出 版 發 行	想閱文化有限公司	
	屏東市 900 復興路 1 號 3 樓	
	電話：(08)732 9090	
	Email：cravingread@gmail.com	
總 經 銷	大和書報圖書股份有限公司	
	新北市 242 新莊區五工五路 2 號	
	電話：(02)8990 2588	
	傳真：(02)2299 7900	
初　　　版	2022 年 07 月	
定　　　價	350 元	
I　S　B　N	978-626-96043-7-1	

國家圖書館出版品預行編目 (CIP) 資料

你以為簡單, 但其實不簡單的日語文法 Q&A = 簡単なようで、実
は簡単じゃなかった日本語文法 / 目白 JFL 教育研究会編著 . --
初版 . -- 屏東市 : 想閱文化有限公司 , 2022.07
　　面；　公分 . -- (語學 ; 2)
ISBN 978-626-96043-7-1(平裝)

1.CST: 日語 2.CST: 語法

803.16　　　　　　111009253